나. 36. 이승엽

나. 36. 이승엽

1판 1쇄 인쇄 2018. 3. 27
1판 1쇄 발행 2018. 4. 5

지은이 이승엽

발행인 고세규
책임 편집 최은희 | 디자인 윤석진
원고 정리 손찬익
발행처 김영사
등록 1979년 5월 17일(제406-2003-036호)
주소 경기도 파주시 문발로 197(문발동) 우편번호 10881
전화 마케팅부 031)955-3100, 편집부 031)955-3200 | 팩스 031)955-3111

값은 뒤표지에 있습니다. ISBN 978-89-349-9378-0 03810

홈페이지 www.gimmyoung.com 블로그 blog.naver.com/gybook
페이스북 facebook.com/gybooks 이메일 bestbook@gimmyoung.com

좋은 독자가 좋은 책을 만듭니다.
김영사는 독자 여러분의 의견에 항상 귀 기울이고 있습니다.

이 도서의 국립중앙도서관 출판시도서목록(CIP)은 서지정보유통지원시스템 홈페이지
(http://seoji.nl.go.kr)와 국가자료공동목록시스템(http://www.nl.go.kr/kolisnet)에서
이용하실 수 있습니다.(CIP제어번호 : CIP2018009271)

나. 36. 이승엽

이승엽 지음

36

SEUNG YUOP LEE

김영사

차례

나는 이승엽

01
회

야구와의 첫 만남 | 11

기회는 생각지 못한 곳에서 온다 | 15

똥엽이의 고집 | 20

내 뜻대로만 살 수 없다 | 25

마음으로 치고 머리로 뛴다 | 30

오늘도 뛴다 | 35

지름길은 없다 | 40

되찾고 싶은 것 | 42

가족의 힘

02
회

언제나 내가 더 미안하고 사랑한다 | 49

아낌없이 주고 간 어머니 | 53

이정표를 세워주신 아버지 | 57

어린 신부 | 63

아빠 반성문 | 68

다른 아버지가 되고 싶다 | 74

가장 강력한 무기

03
회

진정한 노력은 배반하지 않는다 | 81

나의 유일한 무기는 노력 | 86

야구는 나이로 하는 게 아니다 | 90

경산 볼파크의 별이 빛나는 밤 | 94

실패의 시작은 만족의 순간에서 | 98

칠 수 없다면 치게 한다 | 102

나를 믿는다

04
회

라팍에 가장 먼저 출근하기 | 109

나를 믿지 못했던 순간 | 114

홈런을 치고도 고개를 숙인다 | 120

아빠는 교과서에 나오는 사람 | 125

나보다 훨씬 잘 나갈 후배들 | 129

후회 없는 선택

05
회

대학이냐, 프로냐? | 137

타자로 다시 태어나다 | 143

이상과 현실 사이에서 | 148

메이저리그에 왜 안 갔어요? | 151

두 번째 메이저리그 프러포즈 | 154

왜 아빠는 안 보여? | 159

인생의 단비 같은 한마디 | 162

이름을 걸고

06
회

난 대한민국 대표다 | 169

밖에서 보는 마음 | 172

8회의 사나이 | 176

이제는 말할 수 있다 | 179

최고의 당신

07
회

최고라고 믿게 해준 백인천 감독님 | 185

더 나은 길을 찾아준 박흥식 코치님 | 191

투지를 키워준 김성근 감독님 | 194

오! 나의 고마운 스승님 | 199

스윙이나 한 번 더! 요시히코 코치님 | 203

야구인의 자세를 새로 배운 요미우리 자이언츠 | 206

정신 번쩍! 라이벌 | 209

좋은 지도자란 | 214

이승엽만 아는 이승엽

08
회

그만두고 싶었다 | 223

나와의 싸움 | 227

한국 야구와 일본 야구 | 232

혼자가 아니다 | 236

36번의 비밀 | 240

09회 리 스타트

아름다운 이별 | 245

마지막 마음 | 249

행복한 날 | 252

나만의 길을 만들어 달린다 | 258

희망의 이름으로 | 262

연장전 이승엽의 야구 수업

7할의 실패, 3할의 성공 | 270

시작은 기싸움부터 | 272

타격 준비 | 273

볼 배합 전쟁 | 274

4할 타자와 대척점 | 277

홈런을 치는 방법 | 279

가상의 상대 양현종 | 282

이야기를 마치며 | 283

01
___
회

나는
이승엽

SEUNG YUOP LEE

야구와의 첫 만남

"왜 야구 선수가 되었습니까?" 가장 대답하기 힘든 질문이다. 이런 질문을 받을 때마다, 지금까지 운동하느라 TV 드라마를 거의 못 봤지만 〈대장금〉이라는 드라마가 떠오른다. 유명한 장면이라 많은 분들이 기억할 것이다. 어린 장금이가 고기에서 홍시 맛이 난다고 하자 어른 상궁이 왜 고기에 홍시가 들어갔다 생각하느냐고 묻는다. 어린 장금은 심각한 얼굴로 한참 머뭇거리다가 "입에서 고기를 씹을 때 홍시 맛이 나서…… 그냥 홍시 맛이 나서 홍시라 생각한 것이온데……" 하는 대답만 반복한다.

장금이의 진지하면서도 난감한 그 마음이 내 마음과 비슷하다. 나는 그저 야구가 좋았고, 그래서 열심히 연습했다. 좋아하는 일에 열정을 쏟고 그 재미에 푹 빠져서 다른 직업을 생각할 이유가 없었다. 그러다 프로야구 선수가 될 기회를 잡았고, 여기까지 온 것이다.

참 재미없는 답변이지만 진심이다. 진로 고민을 하지 않아도 되었던 난 정말 행복한 사람이었다. 바보가 아닐까 싶을 만큼 야구 외에는 몰랐고, 몰라도 되었다. 야구만큼 내 흥미를 끄는 것은 없었다. 그냥 어릴 때부터 공 던지고 치는 게 좋았다. 친구들 모아놓고, 단단히 꽂은 나무 막대기를 고무공으로 맞히며 노는 게 즐거웠다. 아무리 생각해봐도, 내가 야구에 끌리게 된 이유를 잘 모르겠다. 그저 동그란 공이 좋았고, 그 조그만 공을 내 마음대로 다룰 수 있다는 게 좋았다. 이런 경우를 두고 운명이라고 하는 걸까?

나는 우리의 놀이가 정확히 야구인지도 몰랐다. 일곱 살 때 생긴 프로야구를 보면서 '내가 좋아하는 놀이를 야구라고 부르는구나!' 하며 고개를 끄덕였다. 그 후로 나는 매일 학교가 끝나면 친구들을 불러 당당하게 야구하자고 꼬셨다. 지금처럼 학원이나 사교육이 극성일 때도 아니고, 서울 아닌 지방이라 부모님들의 교육열이 그다지 뜨겁지도 않았던 것이 다행이라고 해야 할까? 책가방을 땅바닥에 팽개치고, 동네에서 친구들과 야구라고 부르기도 뭣한 운동을 하며 날마다 흙과 땀으로 범벅이 된 채로 집에 왔다.

"엄마! 배고파요."

대문 앞부터 떠들면서 들어가기 일쑤였지만 어머니는 한 번도 옷을 더럽혔다고 타박하신 적이 없다. 씩씩하게 잘 크고 친구들과 잘 어울리는 아들을 기특하게 생각하시고, 배고픈 어린 아들이 안쓰러워 맛난 밥을 입에 넣어주시는 일에만 온 신경을 쓰셨다. 이렇게 든든한 어머니의 사랑이 내 인생과 야구의 원동력이었음을 오랜 시간이 흘러서야 깨달았다. 그 시절 뭘 알았겠는가? 공을 막 던지다 유리창을 깨먹어 친구들과 걸음아 날 살려라 도망 다니기 바빴고, 붙잡히지 않은

것만 즐거워했다. 지금에서야 이웃 어른들이 얼마나 놀라고 속상하셨을지 헤아리게 되어 죄송한 마음이 든다.

어린 시절을 떠올리니 친구들과의 끈끈한 우정, 웃음, 땀, 놀이, 동네 풍경이 그대로 살아난다. 손 내밀면 지금도 바로 그 시절 속으로 들어갈 수 있을 만큼 선명하다. 그렇게 재미있던 시간, 친구들과 어울렸던 추억 때문에 계속 야구에 빠져들 수 있었던 것 같다.

운동선수가 되길 꿈꾸는 어린이의 부모님이 있다면 한 말씀 드리고 싶다. 돈 많이 버는 프로야구 선수로 키우겠다고 생각하신다면 그 아이는 행복하기 어렵다. 자녀가 행복한 운동선수로 평생 살아가려면 운동이 즐거워야 한다. 부모는 아이가 운동을 계속하고 싶은 마음을 잃지 않고 즐길 수 있도록 도와주는 것이 중요하다. 타고난 재능이 있어도, 열심히 하는 사람은 당해내지 못한다. 그런데 열심히 하는 사람도, 즐기는 사람에게는 이길 수 없다. 내가 야구를 계속할 수 있었던 비결은 '즐거움'이라고 자신 있게 말할 수 있다. 난 지금도 야구할 때 가장 좋고 행복하다.

기회는 생각지 못한 곳에서 온다

프로야구 탄생과 함께 텔레비전에 등장한 박철순, 이만수 선수 등 대스타들은 나에게 신세계 사람들이었다. 너무 멋있어서, 화면 속으로 빠져들어 갈 만큼 눈을 뗄 수가 없었다. 특히 박철순 선수는 환상적이었다. 길고 구불구불한 머리카락이 바람에 휘날리는 모습이 멋진 백마 같았고, 마운드에 우뚝 서서 타자들의 항복을 받아내는 위엄 있는 장군처럼 보였다.

지금 생각해보면, 박철순 선배님은 체인지업, 포크볼, 팜볼 등 다양한 구종의 변화구를 던지면서 타자와 승부했다. 그 시절 국내에선 보기 힘든 이런 구종들로 타자들을 손쉽게 요리했다. 한국 프로야구가 탄생하기 전, 1년 동안 야구 본토인 미국에서 활동하며 정식으로 배워온 기술이라 더 화려하고 멋있었던 것이리라. 박철순 선배님의 모습을 보면서 정말 저렇게 멋진 선수가 되고 싶다는 꿈을 꾸기 시작했던 것 같다. 그러나 막상 내가 할 수 있는 건 '따라하기'뿐이었다. 프로야구부터 고교야구까지 야구 중계를 모조리 보고 나서 동네 친구

들과 나름대로 따라해보는 것이 다였다.

　간절히 바라면 이루어지는 것일까. 기회는 우연히 찾아왔다. 동 덕초등학교 4학년 때, 내가 야구를 좋아한다는 사실을 아는 한 선생님 의 권유로 공 던지기 대회에 학교 대표로 참가하게 되었다. 나는 자신 감에 가득 차 있었다. 나는 그때도 왼손잡이였고, 체격이 좋았다. 공부 는 몰라도 또래들에게 힘만큼은 절대 뒤지지 않았다. 나는 43미터 기 록으로 3등을 했다. 긴장한 탓인지 기대보다 성적이 좋지 않아서 아쉬 웠다. 어릴 때부터 지고는 못 사는 성격이었기에 분한 마음에 구석에 서 씩씩거리고 있는데, 중앙초등학교 야구부 감독님과 부장님이 찾아왔다. 체격 좋은 애가 공을 제법 던지는 모습이 눈에 들어왔던 것이다.

내가 다니던 학교에는 야구부가 없어서 나는 초등학교 때부터 야구를 할 수 있다는 사실도 모르고 있었다. 그런 나에게 중앙초등학교 야구부 감독님은 "집이 어디냐?" "학교는 어디냐?" "야구 좋아하냐?' 등 여러 가지를 물었다. 귀가 솔깃한 질문에 큰 소리로 "네, 엄청 좋아합니다!" 했더니 감독님은 "야구 해볼 생각 없냐?" 하고 대뜸 물었다. 나는 깊이 생각하지 않고, 부모님 허락을 받아야 한다는 생각도 못 한 채 바로 하겠다고 대답했다. 대답을 하고 나니 벌써 야구선수가 된 기분이었다. 야구부 감독님과 부장님을 모시고 거의 뛰다시피 집으로 돌아왔다.

"아버지! 저 야구선수 됐어요."

신발을 마당으로 휙휙 날려버리고 안방으로 뛰어들어 가며 소리쳤다. 내 마음속에서 가장 바라고 있던 말이었다. 감독님의 권유 한마디에 벌써 난 마운드 위에 서 있는 꿈을 꾸고 있었다.

한번 하겠다고 마음먹으면 무조건 해야 직성이 풀리는 나는 부모님께 야구가 하고 싶다며 무조건 졸랐다. 하지만 부모님은 기대와 달리 강경하게 반대하셨다. 그저 막내아들이 어른들의 충동질에 허파에 바람 잔뜩 들어 투정을 부린다고 생각하셨다. 집안에 운동선수로 대성한 사람도 없었고, 운동선수는 가정형편 어려운 사람이나 하는 것이라는 편견도 심한 시절이었다. 부모님의 반대는 당연한 것이었는지도 모른다.

아버지를 상대로 한 나와 야구부 부장님의 줄다리기는 한 달 이상 이어졌다. 나의 간절한 마음을 알고 계셨던 야구부장님이 한 달 동안 매일 우리 집을 찾아와 설득했지만 아버지는 꼼짝하지 않으셨다. 지금은 아버지의 그런 흔들림 없는 의지가 우리 가족을 탈 없이 지켜주었다는 것을 알고 있지만, 그때는 그렇게 야속할 수가 없었다.

나도 떼만 쓰고 있을 수 없었다. 학교가 끝나면 바로 집에 가지 않았다. 길을 빙 돌아 중앙초등학교까지 가서 야구 연습을 하고 집에 들어왔다. 너무나 하고 싶은 마음에 아버지의 눈까지 속여가며 연습하는 것이라 더 열심히 했다. 그리고 더 잘하고 싶었다. 그런 내 모습을 보며 감독님과 부장님도 깊은 확신을 가졌고, 아버지 설득에 힘을 보탰다.

어른들끼리 나눈 말씀이라 그때는 들을 수 없었지만, 한참 지나 아버지가 들려주신 말씀이 있다. 정말 끝까지 반대하고 싶었는데 부장님이 마지막에 남기신 말씀이 아버지를 움직였다고 했다.

"아버님 뜻을 잘 알겠습니다. 그런데 저도 아들에게 야구를 시키는 학부모입니다. 제 욕심만으로 승엽이의 길을 망치지 않겠습니다. 초등학교 졸업할 때까지만이라도 야구를 시켜보시지요."

야구부에서는 맨날 찾아오지, 막내아들은 단식투쟁까지 선언하며 말 한마디 안 하지, 어머니는 안쓰러워 발 동동 구르며 아버지 눈치만 살피지, 참 아버지 속도 많이 상하셨을 것이다.

이런 피 말리는 실랑이와 우여곡절 끝에 아버지가 나를 불러 물으셨다.

"후회하지 않을 자신 있나?"

"후회하시지 않게 열심히 할게요."

"그래, 그럼 해봐라."

허락이 떨어지자마자 고맙다는 말씀만 연거푸 드리고 방을 뛰쳐나갔다. 그 길로 마당 한켠에 숨겨둔 배트를 찾아 들고 야구부로 향했다. 그날이 내 33년 야구 인생의 시작이었다. 정말로 사흘을 밥도 안먹었는데 배고픈지도 몰랐다.

이제 아버지가 되고 나서야, 자식 이기는 부모 없다는 말의 무게를 실감한다. 자식이 세고 강해서가 아니라, 자식을 아끼고 사랑하기에 져주는 부모의 마음을 부모가 되고서야 알았다.

똥엽이의 고집

내 어릴 적 별명은 '똥엽이'다. 별명에 걸맞게, 나는 온 동네가 알 만큼 똥고집을 부렸다. 어릴 때는 내가 고집 부리면 다 되니까 고집 센 게 좋았다. 그런데 야구를 시작한 뒤로는 내 고집이 진학할 때마다 크고 작은 문제를 일으켰다.

6학년 때였다. 하루는 경상중학교에 놀러 갔는데 내가 야구를 제법 잘한다는 소문이 돈 모양이었다. 인상 좋은 감독님이 볶음우동을 사주며 경상중학교로 오라는 말씀을 하셨는데, 나는 볶음우동에만 정신이 팔려 있었다. 그렇게 맛있는 볶음우동을 먹고 나니까 경상중학교가 너무 가고 싶어졌다. 이렇게 나만을 위해 맛있는 것을 사준 그 마음이 크게 느껴졌다. 그래서 덜컥 약속을 하고 말았다. 학교에서는 경상중학교가 아니라 경복중학교 진학을 권했다. 하지만 내 고집은 아무도 꺾을 수 없었다. 결국 볶음우동 한 그릇은 내 어린 시절의 한 대목을 바꿨다.

고등학교를 갈 때도 학교와 의견차가 있었다. 학교에선 대구상고를 권했다. 적지 않은 금액의 장학금과 나를 위해 투자를 아끼지 않겠다는 비전까지 제시한 것이 그 이유였다. 하지만 내 마음은 다른 학교에 가 있었다. 경북고등학교 서석진 감독님(현 TBC 해설위원)께 야구를 배우고 싶었다. 그분의 따스한 인품과 선수들을 챙기는 모습에 반해서였다. 게다가 경북고등학교 야구부 유니폼을 입은 선배들의 모습이 정말 빛나 보였다.

대구상고와 경북고 감독님 두 분이 나를 데려가기 위해 이틀이 멀다 하고 번갈아 우리 집을 찾아왔다. 당시에는 학교에서 권하는 대로 진학하는 것이 일반적이었다. 하지만 내 마음은 이미 정해져 있었다. 오로지 경북고뿐이었다. 그때 아버지의 조언이 큰 힘이 됐다. 아버지는 "장학금을 받고 학교에 갔다가 기대에 미치지 못하는 상황에 처했을 때 네가 감당해야 할 부담이 아주 클 수 있다"고 걱정을 많이 하셨다. 나는 아버지의 말씀을 따랐다. 아버지의 조언을 따라, 경북고에서도 파격적인 장학금을 주겠다고 했으나 정중히 거절했다.

내가 학교 선생님 뜻을 거스르고 고집을 부린 것은 잘못일 수도 있지만 후회는 없었다. 내 선택에 책임을 지기 위해 더 노력했고, 가고 싶었던 학교에서 운동을 하니 마음이 안정되어 더 잘할 수 있었다. 그 결과 경북고 1학년 때부터 또래 선수들에 비해 앞서나갔고, 1993년 황금사자기 8강전 광주제일고와의 경기에서 5이닝 동안 안타 한 개만을 내주며 승리투수가 되었다. 신문에 내 기사가 나기 시작했다. 대구뿐 아니라 전국구 고교 유망주로 떠올랐다. 이듬해 청룡기 결승 군산상고 전에서는 투수와 타자로 모두 나서 '결승 홈런을 친 승리투수'가 되는 진기록을 남겼다. 나아가 최우수투수상까지 거머쥐었다.

고등학교를 졸업할 무렵, 나의 '고집 역사'에서 가장 센 고집으로 꼽을 만한 사건이 일어났다. 한양대와, 삼성 라이온즈 사이의 선택을 두고 벌어진 일이었다. 알려진 대로 당시 나는 삼성 라이온즈에 입단하기를 바랐지만, 아버지는 한양대 입학을 강력하게 추천했다. 정말 어렵게 어렵게 아버지를 이기고 삼성 라이온즈 입단을 결정했다.

지금껏 내가 한 선택의 99퍼센트는 스스로 내린 결정이다. 어른들 눈에는 똥고집이라고 보였던 것들도 그때의 내게는 포기할 수 없는 절실한 나의 의지였고, 나의 꿈이었다. 그러기에 후회가 없다. 부모님이 반대한다고 야구를 하지 않았다면 착한 아들이 될 수는 있었겠지만 야구 하는 걸 허락하지 않은 부모님을 평생 원망했을지도 모른다. 그리고 선택을 할 때도 남들과 다른 기준이 있었다. 때로는 감독님의 좋은 인상과 나를 위해준 소소한 마음들이 내 야구 인생을 움직이기도 했다.

운동 잘하는 여러 선수 중 하나가 아닌, '이승엽'을 제대로 평가하고 위해주는 마음을 알아본 것이다. 진심은 말하지 않아도 통한다. 여러 감독님과 야구단에서도 이 부분을 새겨주시면 좋겠다.

돈이나 다른 조건들을 내세워 누군가를 움직이려 하면 잠깐은 그 사람을 가질 수 있을지 모른다. 그건 진짜로 그를 자기 사람으로 만든 것이 아니다. 그런 관계로 시작하면 다른 더 좋은 조건이 나타날 때 언제든 흔들릴 수 있다. 가장 오래가는 관계의 시작은 사람의 마음을 움직이는 일이다.

어떻게 해야 사람의 마음을 움직일 수 있는지는 나도 잘 모르겠다. 감독님의 인품이, 따뜻하고 달달한 볶음우동 한 접시가 내 마음을 움직이기도 했다. 선배들의 멋진 유니폼과 빛나는 눈빛에 빠지기도 했고, 그냥 내가 잘할 수 있다는 마음이 들 때도 있었다. 나는 다만 내 마음과 몸이 움직이고자 하는 대로 솔직하게 움직였고, 그렇게 지금까지 최선을 다해 살아왔을 뿐이다.

내 뜻대로만 살 수 없다

아무리 대구에서 유명한 '똥엽이'라도 통하지 않는 데가 있었다. 인생의 큰 그림은 마음먹은 대로 되지 않았다. 일본 진출을 준비할 때와 일본에서 슬럼프를 겪던 시절. 그때가 인생을 가장 톡톡히 배운 때라고 할 수 있다. 다른 분들이 처한 심각한 상황에 비하면 아무것도 아닌 고통과 좌절이겠지만, 내 손 밑 가시가 제일 아프듯 벼랑 끝에서 추락하는 기분이었고, 힘든 시간이었다. 당시 삼성구단 관계자 모든 분들께 죄송한 일이지만, 지금 생각해도 나로서는 정말 어쩔 수 없는 최선의 선택이었다.

나는, 내가 믿고 앞세웠던 모든 자존심을 내려놓고 치열하게 담금질을 당했다. 그 시간이 있었기에 나는 선수로서, 한 사람으로서 한층 더 성장할 수 있었다. 그때는 내게 나쁜 일이 생겼다고만 생각했다. 되돌아보면 그 시간이 이렇게 고맙게 느껴지는데, 그때는 왜 그렇게 안절부절 못했을까? 정말 어찌할 바를 몰랐고 하루하루가 고민의 연속이었다.

이승엽이 우리나라에서만 알아주는 이름이란 사실을 분명히 인지하는 순간이었다. 우물 안 개구리가 되기 싫었지만 우물 안 개구리가 맞았다.

내게 왜 나쁜 일이 일어나는 거냐고 따져 물을 곳은 없었다. 그냥 나에게 그런 일이 생긴 것이고, 나니까 버티고 이겨내고 툭툭 털고 일어난 것이다. 사실 내게 일어났던 일 중에 정말 안 좋은 일은 없었다. 나이 마흔이 넘어 든 생각이다. 나이를 먹는다는 것이 슬픈 일만은 아닌 것 같다.

언제나 나는 메이저리그가 아니면 삼성에 남겠다고 말했었다. 그만큼 메이저리그에 갈 자신이 있었고 일본 진출은 전혀 관심사가 아니었다. 그래서 당시 김재하 단장님은 내가 메이저리그나 삼성 둘 중 하나를 택할 것이라 믿고 윗선에 그대로 보고하셨다. 내 주변은 물론 당사자인 나도 그렇게 믿었다. 하지만 내 진로가 일본 진출로 급선회하면서 김재하 단장님이 곤란한 상황에 처했다는 걸 뒤늦게 알게 됐다. 이 점에 대해선 아직도 죄송한 마음이 크다.

메이저리그에서 뛰지 못한 이유는 단순하다. 내가 생각했던 기대치와 메이저리그에서의 평가가 엇갈려서 조건이 너무도 안 맞았다. 나는 그 평가가 잘못되었고 그들이 실수한 것이라는 사실을 증명하고 싶었다. 때마침 일본에서 입단 제안이 왔고, 나는 일본 야구를 증명의 무대로 삼기로 했다. 그러자 주변 사람들은 일본에서 타자로 성공하는 게 쉽지 않다는 이유로 만류했다.

걱정스러운 반응을 보니 오히려 한번 도전해보고 싶었다. 사실

한국에서는 계속 최고였기 때문에 어려운 환경에서 야구를 하는 게 어떤 건지 잘 모르기도 했다.

정말 많은 사람들이 말렸다. 아버지조차 기자회견 직전까지 삼성 잔류를 권유했다. 하지만 FA(자유계약선수)가 됐다는 것이 내겐 포기할 수 없는 큰 기회였다. 삼성에 잔류할 경우 다시 4년을 뛰어야만 기회가 찾아오기에 그 시간을 기다릴 수 없었고, 야구선수로서 성장할 수 있는 기회를 놓치고 싶지 않았다. 더 큰 터전에서 내 가치를 인정받고 싶었고, 더 제대로 훈련받고 싶었다. 일본 리그를 미국 메이저리그로 가는 징검다리로 이용하고 싶었다. 일본에서 뛰다 보면 미국에서도 더 집중해서 보게 될 것이고, 나를 제대로 못 본 것을 사과하며 불러줄 것이라 철석같이 믿었다.

마음은 자신감으로 차 있었지만, 머리로만 생각하면 겁이 났던 것도 사실이다. 그때까지 나는 단 한 번도 고향을 떠나 생활해본 적이 없었다. 과연 고향을 떠나 잘 살 수 있을까? 일본어도 제대로 못하는 내가 생소한 무대에서 잘할 수 있을까? 모든 것이 의문이었다. 그래서 나답지 못하게 끝까지 갈팡질팡했던 것도 사실이다.

그런데 '나답다'라는 것이 정말 있을까? 아무리 고집 센 나 이승엽도 고집을 굽힐 때가 있다. 아내 앞에서 특히 그렇다. 눈물이 많은 편은 아니지만, 한 번 울면 멈추기가 힘들다. 마운드 위에서는 씩씩하지만 부모님 앞에서는 막내아들의 철없음도 갖고 있다. 이 모두가 이승엽의 모습이고, 이승엽다운 것이다. 그러니까 누구든지 자신의 한 가지 모습만 지키려고 애쓰지 않았으면 좋겠다. 주변에서도 그 모습만 기대하지 않았으면 좋겠다.

나는 약속 시간을 20분 넘겨 기자 회견을 시작했다. 약속 시간만큼은 칼처럼 지키는 내가 20분이나 늦었다는 것은 정말 큰 사건이다. 차가 막혔던 것도 아니고, 아팠던 것도 아니다. 그 당일까지도 많은 분들이 찾아와 걱정을 내비쳤다. 덕분에 정말 머리가 복잡해졌고, 여러 말씀들을 다 챙겨듣고 회견장으로 향하다 보니 늦어지고 말았다.

회견장으로 향하는 길이 까마득히 멀고 힘들게 느껴졌다. 한 걸음 한 걸음이 납덩이처럼 무거웠다. 일본 기자들, 우리 기자들, 삼성 고위 관계자분들까지 내 한마디를 듣기 위해 기다리고 있다고 생각하니 정신이 아득했다. 내 마음의 결정은 회견장으로 올라가는 엘리베이터 안에서 긴 호흡을 거쳐 이루어졌다. 일본으로 가겠다는 쪽이었다. 기자들 앞에서 일본 간다고 말해버리면 다시는 주워 담을 수 없는 기정사실이 되어버린다는 것을 마음에 새겼다.

'그래, 많은 분들한테 죄송하고, 많은 분들이 걱정하고 있지만 눈 딱 감고 말하자. 내 인생의 주인공은 나이고, 내가 살아야 할 시간이니 내가 결정하자.'

이것이 일본행을 결정하기까지 내 마음의 전부다. 일본에서의 선수 생활은 성공적일 때도 있었고 실망스러울 때도 있었다. 하지만 미련은 없고, 원망할 데는 더더욱 없다. 그리고 일본 프로야구를 경험하면서 야구를 대하는 자세, 야구를 잘하는 방법 등에 대해 많이 배웠다. 결론적으로 난 일본에 잘 다녀온 것이다. 야구도 야구지만 인생에 대해서도 많은 가르침을 받았다.

마음으로 치고 머리로 뛴다

야구가 외로운 운동이라는 것을 일본에 가서 깨달았다. 야구는 상대 팀과 신체접촉이 많거나 매 순간 함께 뛰는 종목이 아니다. 마운드의 투수와 타석의 타자가 일대일로 만나 서로 침묵의 견제를 한다. 한 사람은 공을 들고 한 사람은 배트를 들고 싸운다. 관중석의 모든 시선이 그 둘에게 모인다. 내 손동작과 발동작, 숨소리 하나까지도 스포트라이트를 받는다. 그런 만큼 혼자 견뎌내야 하는 부담이 크다. 따라서 몸 관리도 중요하지만 멘탈 관리가 굉장히 중요한 스포츠다.

한국에 있을 때는 잘 몰랐다. 선수들은 모두 중고등학교 시절부터 알던 선후배이거나 친구들이고, 감독님을 비롯한 코칭스태프는 물론 관계자분들까지도 가족보다 자주 보는 사이여서 멀리서 눈빛만 교환해도 무슨 생각을 하는지 다 알았다. 그래서 외로워지거나 위축되지 않았다. 반면 일본에서는 환경부터 낯설뿐더러 같은 팀 선수들끼리도 어색하고 소통마저 어려웠다. 그런 까닭에 야구가 얼마나 외로운 운동인지 뒤늦게 알게 된 것이다.

물론 한국에 있을 때도 멘탈의 중요성은 어느 정도 느꼈다. 이 멘탈이라는 녀석은 온전히 내 마음대로, 내 실력대로 다룰 수 있는 게 아니다. 때에 따라 욕심을 내려놓고 팀을 위해 희생플라이도 날려야 하고, 장타를 치고 싶어도 사인에 따라 번트를 대기도 해야 한다. 어떤 상황이든 기회가 오면 반드시 살려야 하는데, 실패할 경우 소극적인 플레이를 펼칠 가능성이 높다. 혹시 수비 실수를 하면, 공격에서도 위축되기 마련이다. 우리 팀에서 9점을 내더라도 상대 팀에게 10점을 내주면 진다. 그래서 이기고 있는 경기는 계속 지켜나갈 힘을 키워야 하고, 지고 있다면 이길 수 있다는 믿음을 계속 자신에게 심어야 한다. 어떻게 마음을 먹느냐에 따라 결과는 달라진다.

야구에서는 단 한 번의 홈런으로 영웅이 될 수 있다. 반대로 이전 타석에서 아무리 잘했다고 해도 9회 만루찬스에서 병살타를 때리면 역적으로 변할 수도 있다(어깨에 힘이 들어가면 병살타가 종종 나온다). 관중의 반응은 바로바로 나온다. 그것에 흔들려서도 안 된다. 나를 믿고 된다고 생각하면 되고, 안 된다고 생각하면 안 된다. 경기를 치르는 동안 너무 풀어져도 안 되고 너무 긴장해도 안 된다.

"연습은 시합처럼, 시합은 연습처럼"이란 말이 있다. 연습은 강도 높게 철저히 준비하되 실전에서는 편안하게 그 자리를 즐겨야 하는 것이다. 인생도 마찬가지다. 너무 스트레스를 받아도 안 되고, 너무 정신상태가 해이해도 안 된다. 인생에 오르막이 있으면 내리막도 있다. 지금 잘못되고 있다고 계속 잘못되는 것은 아니니, 걱정만 하고 있을 필요는 없다. 안 좋은 상황일수록 나와 상대를 똑바로 보고 담

대해져야 한다.

프로는 철저한 경쟁 체제다. 본인이 아무리 4번 타자라 하더라도 슬럼프에 빠지면 2군으로 내려갈 수도 있고, 그 기간이 얼마나 될지는 아무도 모른다. 나는 한국에서 2군에 내려갔던 적이 없다. 이것도 일본 프로야구에 진출하고 나서 경험해보았다. 충격이었다.

'내가 2군으로 내려갈 수도 있구나!'

가장 힘든 점은 멘탈 회복이었다. 부상을 입어 2군에 내려간 일도 있었지만, 재활보다 더 중요한 문제는 역시 멘탈이었다.

어릴 때부터 체격이 좋았고 공을 잘 던져서 야구를 시작하게 되었다. 운동신경이 좋았고 야구가 좋아서 계속해왔다. 그런 나도 일본 가서 야구하기 싫을 때가 있었다. 은퇴를 일찍 하게 될지도 모른다는 불안감에 시달리기도 했었다. 그런데 기회를 많이 못 잡는 다른 선수들은 초조함과 두려움이 얼마나 더 클 것인가? 벤치에서 줄곧 대기만 하다가 대타 기회를 잡았다고 해보자. 멘탈 관리가 잘 안 되어서 잔뜩 긴장한 상태라면 어렵게 찾아온 기회를 허무하게 날려버릴 수 있다.

프로의 세계에서는 실력이 종이 한 장 차이일 때가 많다. 자기와의 승부에서 이기는가, 긴장에서 벗어나 나만의 승부를 펼칠 배짱이 있는가의 차이라고 본다.

누구나 열심히 한다. 그러므로 잘해야 한다. 잘하려면 몸만 준비해서는 안 된다. 마인드 컨트롤이 중요하다. 머리로는 전략을 짜야 한다. '달릴 때와 멈출 때'를 전략에 따라 조절해야 그라운드에서 살아남는다.

일본 프로야구 환경을 접한 경험은 야구를 바라보는 시야가 더 넓어지는 계기가 됐다. 일본에서 좋은 것을 많이 보았기 때문에 한국에 돌아왔을 때 여러 가지 차이점을 느끼게 됐다. 한국 프로야구도 많이 발전했으나 냉정하게 판단할 때 역사 깊은 일본 프로야구에 비해 인프라 등 보완해야 할 부분이 많다. 일본은 야구선수가 오로지 경기에만 몰두할 수 있는 환경이 잘 갖춰져 그라운드에서 100퍼센트의 능력을 발휘할 수 있다. 일본은 올림픽 같은 큰 대회를 위해 오랫동안 철저히 준비한다. 다음 대회를 위해 늘 야구를 연구하고, 발전시키려 노력한다.

그런데 일본에도 한 가지 미흡한 부분이 있었다. 기술적인 측면을 강조하고 그것을 가르치는 데만 열중해서 훈련량이 많고, 선수들은 코칭스태프의 지시에 따르는 데만 급급한 수동적인 모습을 보인다는 점이었다. 그러다 보니 선수들이 기술만 늘고 만족감과 자신감은 떨어져서 행복한 야구를 못 하고 있었다. 하지만 일본도 바뀌고 있다. 많은 일본인 메이저리거들이 다시 본국으로 돌아와 긍정적인 훈련 문화를 전파하고, 미국에서 스포츠 멘탈 교육을 받은 사람들이 늘어나면서 변화의 바람이 불고 있다. 이들은 멘탈 관리의 중요성과 행복한 야구 선수가 많아져야 하는 이유에 대해 진지하게 연구하고 있다.

미국과의 실력의 간극을 좁힐 수 있는 방법은 잘 먹고 체격을 늘리는 것이 아니다. 우선은 그들이 성공한 방식을 따라가고, 더 발전할 수 있는 길을 모색해야 한다. 미국에서는 타격 자세를 어떻게 취하는지 따위의 '보여주기식 교육'을 하지 않는다. 그들은 생각하는 야구를 하게 만든다. "이 공을 잘 치려면 어떻게 해야 할까?" 과제를 내고 스스로 해내는 데 도움을 줄 뿐 답을 찾아주지 않는다. 남이 찾은 답은 쉽게 잊어버리지만 내가 끙끙거리며 찾은 답은 오래 기억되는 법이다. 그 답을 응용해서 더 발전된 답을 스스로 내놓기도 한다.

"고기를 잡아주지 말고 고기 잡는 법을 가르쳐야 한다"는 말은 야구에서도 진리이다. 야구를 가르치지 말고 야구를 해야 하는 이유와 재미있게 하는 방법을 찾도록 도와주자. 그러면 선수는 어떤 어려움이 있어도 포기하지 않고 더 나은 답을 찾아 나설 것이다.

오늘도 뛴다

나는 "오늘 걸으면 내일은 뛰어야 한다"는 명언을 좋아한다. 당장 힘들다고 놓아버린다면 내일은 더욱 힘들기에, 오늘을 참고 이겨내야 한다. 물론 쉬운 일이 아니다. 하지만 하기 싫거나 힘든 것도 한 순간일 뿐이다.

예를 들어 스윙 연습을 30분 한다고 치자. 혼자서 연습을 하겠다고 배트를 잡는 일부터가 귀찮고 힘들다. 그 힘겨움을 억누르고 막상 연습을 시작해도 20분 하면 하기 싫어지는 게 사람 마음이다. 그래서 스스로 타협을 시도한다. '나머지 10분은 내일 하자. 내일 40분 하면 되지.' 하지만 막상 내일이 오면 절대 40분을 하지 않는다. 그게 사람이다. 역시나 어제처럼 20분 하고 힘들어서 그만두게 된다.

이런 걸 알고 있기에 나는 오늘 40분을 해버린다. 40분을 연습해보면 그 시간이 그렇게 어렵지 않게 느껴져서 또 40분을 할 수 있게 된다. 내일도 어차피 해야 되니까 좀 더 하자고 생각한다. 남들이 30분 할 때 40분씩 꾸준히 하면 그 10분이 쌓이고 쌓여 남들보다 100

분, 1,000분 이상의 연습이 쌓이게 된다. 당연히 좋은 성적이 나올 수밖에 없다.

훈련의 난이도 조절도 마찬가지다. 상중하의 훈련이 있다고 한다면, 나는 처음부터 난이도 '상'의 훈련을 선택한다. 물론 기초를 다진 상태라는 전제가 깔린다. 흔히 작은 성공을 통해 자신감을 얻으며 한 걸음씩 나아가는 게 좋다고들 하지만 나는 반대다. 어차피 해야 한다면 어려운 일에 먼저 덤빈다. 그러면 나머지는 한결 쉽게 느껴진다. 더 어려운 과제를 해결할 능력이 남들보다 빨리 생긴다.

내 두 아들에게도 하기 싫고 어려운 과목 숙제를 먼저 하라고 이야기한다. 몸이 아파서 못하는 것은 어쩔 수 없지만, 하기 싫고 어려운 것은 참고 이겨낼 수 있다. 조금만 더 힘을 낸다면 얻을 수 있는 게 아주 많다. 그러면 정신력이 더욱 강해지고 하고자 하는 의욕도 더 생겨난다. 오늘도 했으니 내일은 더 할 수 있다는 믿음이 생긴다.

이런 생각을 갖고 있다 보니 가끔은 큰아이와 부딪칠 때가 있다. 집에 돌아오면 씻은 다음 숙제부터 하고 쉬면 좋겠는데, 은혁이는 바로 침대에 누워버린다. 깨끗이 씻고 숙제를 마쳐 놓고 쉬면 마음도 편할 텐데, 쉬었다가 하겠다고 한다. 처음에는 이해가 되지 않아서 숙제부터 하라고 말해보기도 했다. 그런데 은혁이 입장에서 생각하니 내가 옳지만은 않았다. 내가 초등학교 다닐 때와는 상황이 완전히 다른 것이다. 난 학교 수업만 끝마치면 가장 좋아하는 야구 연습을 할 수 있었는데, 우리 아이는 학교가 끝나도 학원으로 향해야 한다. 아침부터 저녁까지 책상 앞에 앉아 있다 왔으니 집에 와서 바로 의자에 앉는 게 싫을 것이다. 공부를 줄여주지 못하니 미안한 마음이 들었다. 아이의 입장을 헤아린 뒤, 나와 아이를 똑같이 생각하지 말자고 마음 속으로 약속했다.

나는 남에게는 되도록 관대하려고 하지만 내 자신에게는 굉장히 엄격한 편이다. 때로는 "자신에게 지나치게 엄격한 게 아니냐"는 이야기를 듣기도 한다. 그렇지만 어차피 내가 해야 할 일들이고 하지 않으면 안 될 일들이다. 그것을 해내기 위해 스스로를 엄격하게 대하는 것이다. 그래서 지금의 자리까지 올라왔다고 믿는다. 힘들어도 참고 이겨내야 좋은 결과를 얻을 수 있다.

스포츠 선수들은 경쟁과 전쟁의 연속이다. 단 한순간도 여유를 부릴 수 없다. 오늘 뛰었다고 내일 걸을 수 있는 게 아니다. 오늘도, 내일도 뛰어야 한다. 순간의 여유가 끝 모를 추락의 시발점이 된다.

상대를 꺾지 못한다면 내가 꺾인다. 살아남기 위한 몸부림. 그게 바로 전쟁이다. 일본 무대에서 뛰면서 상대를 뛰어넘지 못하면 내가 살아남을 수 없다는 걸 똑똑히 느꼈다. 한국에서 뛸 때는 모든 선수들의 장단점을 알기에 누구든 상대할 만했고, 어떤 상황이든 해볼 만했다. 하지만 일본에서는 많이 달랐다. 전쟁의 연속이었다. 2008년부터 3년 동안이 가장 부담이 컸다. 오늘 못 치면 2군으로 쫓겨날지도 모른다는 불안감이 늘 따라다녔다.

돌이켜보면, 연봉도 보장되고 장기 계약도 체결한 상황이었는데 좀 더 마음 편히 했더라면 어땠을까 하는 생각도 든다. 그랬다면 더 좋은 모습을 보여줬을지도 모른다. 하지만 나는 마음 놓고 편안하게 야구하는 법을 배우지 못했다. 늘 쫓겼고, 늘 잘해야 한다는 생각이 있었다. 내 후배들과 어린 꿈나무들은 조금 다른 교육을 받았으면 좋겠다. 그것을 위해 나도 노력할 것이다.

지름길은 없다

어릴 때는 나이가 들고 선배가 되면 경력도 많으니 연습을 덜 해도 야구 잘하는 왕도를 깨달을 수 있을 줄 알았다. 다른 직종의 신입사원들도 마찬가지 아닌지 모르겠다. 과장, 부장, 상무로 올라갈수록 공부 안 해도 척 하면 척 실적이 나오고, 그 업계의 신이 되어 있을 것이라 생각할까?

막상 프로야구에서 23년을 뛰어보니 이제 말할 수 있다. 이십대 선수들은 타고난 체력이 있기에 쉬엄쉬엄 해도 되지만 사십대는 다르다. 나는 삼십대 중후반부터 훈련량을 늘렸다. 시력, 순발력 등 예년보다 떨어지는 몸의 변화가 확실히 느껴지기에 그렇게 하지 않을 수 없었다. 또 각 구단 투수들이 나의 타격감과 약한 코스들을 다 연구하고 마운드에 오르기에 연습과 변화에 늘 부지런해야 했다.

최선을 다해 경기를 준비하지 않으면 상대를 이길 수 없다. 잠시라도 집중하지 않으면 실력은 실력대로 떨어지고, 실력이 떨어지면 결국 내 뜻과 상관없이 타의에 의해 유니폼을 벗게 되는 비극을

맞는다.

　일반 회사에서도 마찬가지일 것이다. 위에서는 기대치가 높아
지고, 아래 후배들은 따라오고, 업계에서 사용하는 프로그램이나 연
구 과제는 발전한다. 그에 맞춰서 일하려면 더 열심히 해야 하고 보
이지 않는 곳에서도 공부해야 한다. 이런 긴장의 연속이 내게 스트레
스가 될 수도 있었지만 야구를 좋아했기 때문에 참고 이길 수 있었다.

　내가 그토록 사랑하던 야구를 현역 선수로서는 더 이상 할 수 없
게 되었다는 게 솔직히 아직도 믿기지 않는다.

되찾고 싶은 것

나는 야구선수로서 더할 나위 없이 행복한 사람이다. 한국시리즈 우승도 네 차례나 경험했고, 정규 시즌 MVP, 한국시리즈 MVP, 골든 글러브, 홈런왕, 타점왕, 최다 안타상 등등 많은 상을 받았다. 그리고 우리나라 최초로 '은퇴 투어'까지 돌며 아름다운 이별도 선물 받았다. 사람들은 나를 '모든 걸 가진 행운아'라 표현하기도 한다. 야구선수로서는 이 말에 동의하지만 인간 이승엽으로서는 그저 고개를 끄덕일 수만은 없다. 한 가지를 얻기 위해서는 내주어야 할 것이 있다. 잃는 게 있어야 얻는 게 있다.

그동안 잃어버려서 가장 아쉬운 것이 무엇이냐고 묻는다면 주저 없이 '사람'이라 말하고 싶다. 나는 친구들을 참 좋아하고, 사람들과 어울리는 것을 좋아한다. 지금도 가까운 벗이 몇 있는데, 그들이 내 마음을 꽉 채워주고 있다.

평범한 직업을 가졌다면 훨씬 더 많은 사람을 만나면서 즐거운 시간을 보냈을 텐데, 프로야구 선수라는 직업 특성상 사람들과 어울릴 수 있는 시간이 많지 않았다.

나는 야구계에서 함께 밥 먹고 땀 흘리며 뛰었던 선배, 동료, 후배들을 잘 챙기지 못했다는 미안한 마음을 안고 있다. 프로 무대 데뷔 후 실력 향상 속도가 빨라 동료 친구들과 격차가 났다. 나는 항상 1군에서 뛰었지만 친구들은 1, 2군을 오가는 경우가 많았다. 그런데 내 마음도 편한 상태가 아니었다. 원래 좌완투수였던 나는 부상으로 인해서 타자로 전향했고, 남들보다 늦은 시작이었기에 빨리 적응해야 한다는 부담이 컸다. 빨리 재활을 끝내고 다음 리그부터 투수 자리로 돌아가고 싶다는 꿈도 꾸던 시기라 내 불확실한 미래에 시달려야 했다. 그래서 더 훈련에 집중해야 했고, 친구들의 고통을 함께할 여력이 없었다.

하지만 친구들 입장에서는 내가 투수를 하다가 타자를 하는데도 제법 잘하고 있으니 부족한 게 없어 보였을 것이다. 그럼에도 친구들과 소통하지 않고 독하게 혼자 훈련만 하는 내게 섭섭했을 것이다. 어쩌다 이야기 나눌 기회가 생기면 서로 예민한 시기인데 내가 농담처럼 말을 던져서 상처를 입히기도 했다. 아버지가 늘 겸손하라 가르치고 마음을 더 크게 쓰라 하셨는데, 이런 상황을 걱정해서 하신 말씀인 줄 그때는 미처 몰랐다. 핑계를 대자면, 나도, 내 친구들도 너무 어렸다. 내내 야구만 하다 고등학교 졸업하자마자 프로구단에 입단한 소년들이 무엇을 알았겠는가? 그래도 내 잘못이 더 크다.

그 후 말의 힘이 얼마나 무서운지 알았다. 나는 같은 실수를 저지르지 않으려고 깊이 생각하고 한마디 한마디를 꺼냈다. 그렇다고 가식적으로 말했다는 뜻은 아니다. 말의 무게를 헤아리며 신중했을 뿐이다. 매사가 나 혼자 잘한다고 해서 되는 것이 아니라는 것을 깨닫고 나니 저절로 스스로를 낮추게 되었다.

이런 태도에 마음을 쓰다 보니, 제1회 월드베이스볼클래식(WBC)에서 나와 일본의 국민영웅 이치로(미국 시애틀 매리너스) 선수의 인터뷰 내용이 관심을 끌기도 했다. 나는 이때 홈런 다섯 개를 치며 미국과 일본을 연파하는 데 힘을 보탰다. 그렇지만 아직도 배울 게 많다고 말했고, 일본과의 3차전을 앞두고도 "으음, 힘든 게임이 될 같다" 하고 조심스럽게 말했다. 반면 이치로는 한국에 대해 '30년 수준 차 발언'을 한 뒤 언론에 오해였다고 해명했다. 이 대목에서 기자들은 "이승엽의 성숙한 말솜씨를 볼 수 있다. 그는 즉흥적인 말보다는 생각 깊은 이야기를 한 것이다"라는 식의 칭찬 기사를 써주었다.

나는 칭찬을 의식하지 않고 그저 진심을 이야기했을 따름이다. 일본과의 3차전에 이르기까지 우리 팀은 분위기가 좋았다. 그 덕에 좋은 성과를 올리고 있었지만 그 다음 경기가 어떻게 될지는 누구도 모르는 일이었다. 만족은 치명타이기에 우리 스스로 들뜨지 않기 위해 평정심을 유지해야 할 때였다. 나의 인터뷰는 이 평정심을 위한 발언이었다. 반대로 이치로 선수의 발언도 팀의 분위기를 살리기 위한 것이지 자만심에서 튀어나온 것만은 아닐 것이다.

이렇게 성인이 되면서 단점을 돌아보고 조금은 더 나은 소통을 할 수 있게 되었는데, 관계를 회복하고 싶은 친구들은 오랜 시간이 지나는 동안 곁을 많이 떠났다. 일찌감치 유니폼을 벗은 선수들도 많았다. 어릴 적엔 늘 붙어다녔었는데……. 다시 만나려면 아무래도 계속 야구계에 있는 내가 먼저 손을 내밀어야 할 것이다. 이것은 지금까지 용기내지 못한 100퍼센트 내 잘못이다. 너무나 바쁜 생활을 하다 보니 선배, 친구, 후배들을 더 많이 챙기지 못했고 소중한 사람들을 잃을 때도 있었다.

이제 유니폼을 벗게 되어 한결 여유가 생겼다. 보고 싶은 선배, 친구, 후배들과 함께 식사도 하면서 나누지 못했던 이야기를 하며 즐거운 시간을 보내고 싶다. 나이 마흔이 넘어 자신을 바꾸는 건 쉽지 않은 일이지만 이제는 가까운 사람을 더 많이 챙기는 사람이 될 수 있으면 한다. 더 이상 사람들을 잃고 싶지는 않으니 노력해야겠다. 너무 늦었다고 생각할 때가 가장 빠른 때라는 말을 믿고 싶다.

02
회

가족의
힘

SEUNG YUOP LEE

언제나 내가 더 미안하고 사랑한다

가족을 말하는 건 언제나 조심스러운 일이다. 이야기에 살을 붙이지 않고 있는 그대로의 내 모습을 진솔하게 쓰고 싶은데, 어쨌든 가족의 마음을 다 알 수 없으니 내 입장만 전달될까봐 겁이 난다. '가족 얘기까지 써도 될까?'라는 고민도 지울 수 없다. 나는 할 수 있는 한 가족들의 사생활을 보호해주고 싶다. 아이들과 아내가 주목 받거나 사람들 입에 회자될 때 기쁘기도 하지만 불안하기도 하다. 관심과 사랑을 받는 건 좋은 일이지만, 때에 따라서는 불편하고 힘든 일이 될 수도 있다. 나는 나 혼자만 불편하고 힘들고 싶다. 그럼에도 내 인생에서 중요한 부분을 차지하는 가족의 이야기를 빼놓기가 어렵다.

내가 누구이고, 어떤 삶을 사는지 말하는 데 가족을 제쳐두고 설명할 수는 없는 일이기에 진심을 담아 쓰기로 결심했다. 아내와 아이들도 이해해주리라 믿는다. 내 이야기를 받아들이는 일은 이 글을 읽는 누군가의 몫으로 남기려 한다.

아버지는 늘 엄하셨고 가까이 다가서기 어려운 존재였다. 만약 내가 운동을 안 했다면 아버지가 조금은 더 편안하게 느껴졌을지도 모르겠다. 운동을 하겠다고 나선 순간부터 더 무섭게 날 대하셨으니 말이다. 이것도 어느 정도 자란 다음에 깨달았다. 운동선수에게 유혹이 많기에, 운동만 잘하는 기계 같은 선수가 아니라 사회의 모범이 되는 사람으로 키우고 싶으셨기에 그랬다는 것을. 아버지는 언제나 나를 뒤에서 묵묵히 지켜주신 분이다. 2002년 한국시리즈에서 아버지와 껴안고 한참을 울었다. 아마도 우리 부자가 오랜만에 나눈 스킨십이 아니었나 싶다. 하늘처럼, 산처럼 크고 두렵지만, 언제나 멋지고 존경스러운 아버지. 내가 아버지에게 좋은 모습을 보여드리기 위해 더 많이 애쓰고 노력했던 것, 아버지도 알아주시리라 믿는다.

어머니는 내게 그리움의 다른 이름이다. 병원 치료만 제대로 받으셨다면 지금까지도 우리와 함께하실 수 있었을 것이다. 그 생각만 하면 지금도 가슴이 미어진다. 한 번씩 산소에 가서나 뵐 수 있는 우리 엄마. 정말 당신이 가진 모든 것을 내게 주고 간 천사였다. 어머니가 있었기에 건강하고 당당하게 지금까지 야구할 수 있었다. 감사하고 또 감사하다.

아내에게도 미안하다. 아내는 스물한 살 어린 나이에 나와 결혼했다. 재능도 많고 하고 싶은 일도 많았을 텐데 운동선수의 아내로 살면서 많은 것을 포기했다. 그래도 힘든 티 안 내고 잘 버텨준 덕에 맘 편히 야구에 전념할 수 있었다. 아내가 힘들어하거나 아쉬운 내색을 했더라면 지금의 나는 없었을 것이다. 아이들 교육도 다 맡겨놓아서 미안한 마음이 더 크다. 난 아이들에게 그저 '좋은 아빠' 노릇만 한다.

인상 쓰고 혼내는 일은 모두 아내의 몫이다. 간혹 아내가 아이들을 혼내는 장면이 TV 화면에 잡혀 보시는 분들이 즐거워한 걸로 안다. 나도 그런 모습이 귀엽고 사랑스러웠지만, 아내에겐 그 시간이 한순간의 해프닝이 아니라 힘겨운 일상이다. 그런 일을 24시간 내내 하고 있다. 고맙고 미안하다.

사랑하는 두 아들에게도 참 고맙고 미안하다. 만인이 알아보는 사람의 아들로 피곤하고 말 못할 고민도 많았을 텐데 티 안내고 씩씩하게 잘 커줘서 대견하다. 야구 경기의 결과에 따라 집안 분위기도 달라지고, 모두 아빠의 스케줄대로 움직여야 했는데도 불평 한마디 하지 않고 늘 "아빠가 최고!"라고 말해주는 아이들은 정말 최고 중에 최고다.

은퇴하면서 한 가지 약속한 것이 있다. 아이들과 많은 시간을 보내겠다는 것이다. 프로야구 선수로 산다고 아빠로서 해주지 못한 것이 너무도 많다. 원정경기는 물론이고, 겨울과 여름에는 전지훈련을 하느라 지금껏 가족여행 한번 제대로 하지 못했다. 아이들은 정말 아빠 없는 시간을 많이 보냈다. 내 입장에서는 혼자 지낸 시간이 많았기에 아이들에게 어떻게 하는 게 좋은지 잘 모르고, 해도 어설픈 게 많다. 그래도 마음을 다해 더 다가가고, 더 많은 추억을 나눠가며 아이들의 가장 친한 친구가 되고 싶다.

나. 36. 이승엽

아낌없이 주고 간 어머니

어린 시절 나는 매일같이 대문 밖에서부터 "엄마" 하고 소리치며 집으로 뛰어들어 갔다. 집에 가면 언제나 어머니가 있었기 때문이다. 아버지는 내 친구들 아버지와 비교해도 더 보수적이어서, 자식들이 학교에서 돌아올 때 항상 어머니가 집에 있어야 한다고 말씀하셨다. 어머니는 그런 아버지의 뜻을 한 번도 거스르지 않으셨고, 늘 집에서 우리 삼남매를 반갑게 맞아주셨다. 동네 계모임 한번 나가신 적이 없고, 친구들끼리의 여행은커녕 장시간 외출조차 자유롭게 해보신 적이 없다. 그만큼 당신의 인생이 없던 분이었다.

어머니는 내 가장 가까운 간호사이기도 했다. 내 고질적인 문제인 왼쪽 팔꿈치는 중학교 시절부터 이상이 있었다. 중학교 1학년 때 선배들이 놀러 가자며 불러낸 적이 있었다. 그때는 선배들 말이라면 무조건 들어야 한다고 생각했고, 늦는 것도 안 되기 때문에 시간에 맞춰 서둘러 나서다 길에서 크게 미끄러지는 바람에 손에 금이 가버렸다. 2주만 깁스를 해도 팔꿈치가 굳어버리는데, 당시 나는 4주 동안

깁스를 했다. 굽은 팔꿈치를 다시 펴기 위해 매일 새벽과 저녁 전기 찜질을 받아야 했는데, 그 어려운 일을 어머니 혼자서 해주셨다. 난 그냥 누워서 팔만 내놓고 자기만 했다. 어머니는 늘 시간 맞춰 일어나 마사지기를 붙였다 떼기를 반복했다. 내가 고등학교를 졸업할 때까지 그 일은 계속됐다. 어머니 정성 덕에 고등학교 3년간 아픈 팔로도 견딜 수 있었다.

　어머니를 생각하면 스르르 입안에 군침이 돈다. 맛의 고장 전라도 분이어서인지 음식 솜씨가 좋으셨고 손도 빨라서 내가 먹고 싶다고 말만 하면 마술처럼 뚝딱뚝딱 내오셨다. 내가 경기에 나가는 날은 돼지고기 한 근과 페트병에 든 맥콜 음료수를 사 오셨다. 아직도 어머니의 음식 맛을 잊지 못해 고기 맛집을 찾아다니기도 하는데, 어머니의 손맛은 이제 세상 어디에서도 찾을 수가 없다.

아프시기 전에 병원에 모시고 가지 못한 게 지금도 한이 된다. 자식들 몸이 아프면 병원으로 뛰어다니시던 분이 당신이 아플 때는 약을 먹거나 마사지를 받는 것으로 대신했다. 지금처럼 조기 검진이 유행하던 때가 아니기도 했지만, 왜 부모님이 아플 수 있다는 생각을 못 했는지 참 한심하다. 어머니가 뇌종양이라니 믿기지 않았다. 드라마 속에만 나오는 병인 줄 알았다. 뇌종양은 무섭게 어머니를 공격했다. 5년 동안 세 차례의 대수술을 받고 최고의 의사에게 치료를 받으며 투병생활을 했는데도 쉽게 나아지지 않았다. 가족들을 알아보지 못했고, 기력은 갈수록 쇠해졌다.

내가 경기에서 아무리 좋은 성과를 내도 어머니는 함께 기뻐할 수 없었다. 나로 인해 너무 지치셔서 더 나빠진 것 같아 말할 수 없이 죄송했다. 지금까지 살면서 후회하는 것이 별로 없는데, 어머니 일은 두고두고 후회가 된다.

어머니가 돌아가신 지 십 년 조금 더 지났지만 여전히 애틋하고 가슴이 아리다. '만약'이라는 말은 이제 와서 아무 소용 없지만, 내가 정말 조금만 더 신경 써서 어머니를 챙겼다면 병세를 쉽게 눈치 챌 수 있었을 것이다. 조기에 발견하기만 했어도 이렇게 허망하게 어머니를 떠나보내지 않았을지 모른다. 나는 어머니가 아플 수 있다는 것조차 생각지 못한, 덩치만 큰 '어른이' 아들이었다. 그래서 지금도 어머니를 생각하면 가슴이 메어온다. 부모가 되고 아이들이 커갈수록 어머니가 그립다. 참다 참다 너무나 간절히 그리우면 아무에게도 말 안 하고 혼자 산소를 찾아 어머니를 부른다.

"엄마."

이정표를 세워주신 아버지

내가 운동선수가 아니었다면 아버지와의 관계가 지금과는 달랐을지도 모르겠다. 본래부터 다정다감한 성격이 아니시기도 했지만, 내가 야구를 하겠다고 나선 순간부터 아버지는 나를 더 엄하게 대하셨던 것으로 기억된다. 원래 왼손잡이라 젓가락질을 왼손으로 자주 했는데, 보기 안 좋다는 말씀만 하셨을 뿐 크게 혼내지는 않으셨다. 그런데 운동을 시작한 뒤 왼손으로 밥을 먹는 것을 보시고, 운동선수는 남에게 흠 잡힐 일을 하면 안 된다며 매를 드셨다. 중학교에 올라간 뒤에는 하지 말아야 할 것들을 하나하나 꼽아서 말씀해주셨다.

"자기 자리에서 최선을 다해야 한다. 건방져서도 안 되고, 운동하는 사람은 입에 술 한 방울 대서도 안 되고, 담배는 절대 가까이 가지도 말아라."

이뿐만이 아니다. 여자를 사귀어서도 안 된다, 감독님과 선배님 말씀에 토 달지 말고 따라라 등등, 이러저러한 사항을 귀에 딱지가 앉도록 당부하셨다. 정말 나는, 운동선수는 술을 마시고 담배를 피우

면 성공하지 못하는 줄 알았다. 그런 말을 어렸을 때부터 세뇌당하도록 들어온 나는 지금껏 담배를 입에 문 적이 없고, 술도 비시즌 때 맥주 한두 잔 정도로 그친다. 친구들은 '아버지의 말씀'을 잔소리 정도로 여기고 흘려듣는 일도 많지만, 내게 아버지의 말씀은 '진리'였다.

　　내가 아버지에게 절대 복종한 이유는 두 가지다. 첫째, 아버지가 금지한 짓을 하는 순간 가장 좋아하는 야구를 그만둬야 하는 줄 알았기에 무조건 받아들였다. 둘째는, 최고의 야구선수가 되고 싶었기에 야구에 안 좋다는 것은 나도 하고 싶지 않았다.

중학교 1학년 때 연습을 끝내고 오락실에 간 적이 있었다. 아버지가 오락실 출입 금지령을 내린 것은 아니었다. 부모님 눈을 속이고 몰래 다니는 것을 막기 위해, 휴일에는 가끔 오락실을 가도 좋다고 먼저 말씀해주시기도 했다. 문제는 내가 시간 가는 줄 모르고 정신 놓고 오락을 하다가 밤 10시가 된 것이다. 아버지는 대문 앞을 서성거리며 담배를 피우고 계셨다. 몇 시간 동안 나와서 나를 기다리고 계셨던 것이다. 바닥에 담배꽁초가 여러 개 뒹굴고 있었다. 그것을 바라 본 순간 내가 크게 잘못했음을 깨달았다. 아버지는 아무 말도 하지 않고 나를 보기만 하셨는데, 등줄기에서 식은땀이 줄줄 날 만큼 무서웠다. 아버지를 따라 집 안으로 들어가자마자 마당에 철퍼덕 무릎을 꿇었다. 아버지는 큰소리를 내지도, 매를 들지도 않으셨다. 크게 실망한 눈빛과 한숨이 전부였다. 그날 나는 다시는 정신 놓을 만큼 오락에 빠지지 않겠다고 다짐했다.

그 사건 이후 아버지한테 혼날 일을 만들지 않고 야구만 열심히 했다. 그런데 어른이 되어 한 번 더 야단을 맞았다. 1997년에 MVP를 받고 스포츠조선에서 주는 레간자 대상도 받아서 한 해에 자동차 두 대가 생겼던 때다. 운전면허도 스무 살 때 따놓았던 터라 당연히 한 대는 내 차라고 생각했다. 당시 숙소 생활을 하고 있었는데 집에서 숙소까지 시간이 꽤 걸렸다. 숙소에서 야구장까지도 거리가 좀 멀었다. 구단 버스를 타거나, 택시를 타거나, 아버지가 데려다주시곤 했는데, 사실 몸이 피곤했다. 아버지도 나의 피로감을 잘 알고 계셨기에 "한 대는 제가 타도 될까요?" 하고 여쭈었다. 돌아온 아버지의 대답은 딱 한마디였다. "건방지게" 나는 더 이상 차에 대한 이야기를 꺼낼 수 없었다.

이 일도 지나고 나니 아버지의 마음이 이해가 되었다. 차를 몰고 다니면 연습 끝나고 친구들 만나러 더 자주 나가게 될 것이고, 여자친구와 데이트도 하고 싶어질 것이고, 그렇게 다른 유혹들이 많아질 것을 알고 계셨던 것이다. 친구들에게 이런 이야기를 하면 말 한마디 들은 게 혼난 거냐고, 그럼 자기는 매일 혼나며 사는 거라고 대꾸한다. 그건 우리 아버지를 몰라서 하는 이야기다. 말씀이 많으신 편이 아니라 한마디 한마디가 의미가 깊다. 특히 내게 건네는 한마디가 더 그러한 것 같다.

아버지가 엄한 것은 충분히 이해한다. 그래도 조금 섭섭한 게 있다면, 한창 선수 시절 칭찬에 인색하셨던 점이다. 내가 아무리 큰 상을 받고 최고의 성적을 내도 칭찬 한마디 해주시지 않았다. 내가 운동하는 게 못마땅하신가, 내가 자랑스럽지 않으신가 싶을 만큼 응원이나 격려를 표현하시지 않았다. 어깨를 두드려주시며 "우리 아들 장하다" "오늘 경기 정말 잘했다" 정도만 해주셔도 한결 기운날 것 같은데, 경기장에 오셔도 그저 "수고했다, 가자"가 전부였다.

아니, 그게 전부가 아니었다. "벼가 익으면 고개를 숙이듯이 선배들한테는 꼭 인사해야 된다" "너보다 못하는 선배라고 무시하면 안된다. 그런 선배들한테 더 많이 인사해라" 같은 조언은 빠짐없이 하셨다. 솔직히 충고만 하시는 아버지가 답답하기도 했다.

그런데 일본에 있을 때 난 참 어리석은 아들이고 아버지가 참 크신 분이란 것을 깨달았다. 자주 보지 못하는 아들을 위해 아버지는 종종 편지를 보내주셨다. 내가 잘할 때는 별 말씀 없으시다가, 성적이 떨어지거나 컨디션이 나빠지면 더 잘할 거라 믿으라며 격려해주셨다. 2군으로 떨어졌을 때 보내주신 편지는 가장 큰 감동을 안겨주었다. 나를 믿는다시며, 어떤 시련도 이겨왔으니 다 잘될 거라는 말씀. 다른 누구의 말보다 큰 위로가 되었다. "내 아들 이승엽! 최고다!"라는 말보다 더 큰 찬사를 선물 받은 기분이었다.

내 아버지는 MVP 이승엽을 칭찬하지 않았다. 다른 한편, 성적이 떨어지거나 아버지 뜻과 다른 결정을 내려도 나를 혼내거나 비난하시지 않았다. 홈런을 못 치고 삼진에 병살타만 쳐도 아버지는 원래 모습 그대로 묵묵하게 내 뒤를 지켜주셨다.

아버지 뜻을 다 알 수는 없다. 칭찬을 조금 더 해주셨으면 좋았겠지만, 칭찬을 아끼는 그분이 내 아버지다. 매번 인사를 강조하시고, 강한 모습으로 날 대하시며, 뒤에서 묵묵히 응원하는 것이 아버지의 사랑법인 것을 어떻게 하랴. 그런 아버지가 계셨기에 내가 이렇게 바로 설 수 있었고, 자신 있게 야구에 집중할 수 있었다.

그런 아버지가 요즘 변하셨다. '내 아들 장하다' '수고했다' '최고다' 하는 문자를 자주 보내신다. 참 애타게 목말라했던 말씀이었는데 막상 나이 들어 칭찬을 받으니 쑥스럽기도 하고, 아버지가 많이 약해지신 것 같아 마음이 아프기도 하다. 생각해보면 나도 아버지께 드리는 인사에 인색했다. 아버지도 나만큼 받고 싶으셨을지 모르겠다. 더 늦기 전에 나도 아버지께 칭찬을 많이 해드려야겠다.

"아버지 덕분입니다. 우리 아버지 최고! 아버지가 항상 옳습니다."

어린 신부

아내를 처음 만난 건 1999년 앙드레김 패션쇼에서였다. 그때 내 나이 스물다섯, 아내 나이 열아홉. 처음엔 아내의 정확한 나이를 몰랐다. 훤칠한 키에 모델 활동을 하는 데다, 화장을 한 모습만 보았기에 적어도 스물두셋은 되는 줄 알았다. 생각해보면 아내와 나의 첫 만남 장소 자체가 결혼할 운명이었음을 말해주는 것 같다. 우리는 앙드레김 패션쇼 피날레에 함께 섰었다. 앙드레김 선생님의 피날레는 항상 '이마 키스'로 유명한, 사랑의 해피엔딩이 주제였다. 우리는 그렇게 남녀 주인공으로 만나게 된 것이다.

나중에 지인을 통해 연락처를 받고 전화를 걸었다. 그렇게 해서 만났는데, 연극영화과 입시를 준비하고 있다는 말에 나는 적잖이 당황했다. 그래서 그때 "송정 씨, 시험 잘 보세요" 하며 사탕 하나 준 게 다였다. 그렇게 인연이 끝난 줄 알았는데, 운명인지 우리는 다시 만나게 됐다. 그녀는 내가 야구선수인 것은 알았지만 정작 야구에 대해서는 하나도 모르는 아가씨였다. 내게 포지션이 뭐냐고 묻기에 살짝 놀리는 마음으로 "미드필드요" 했더니, "아, 그렇군요!" 하는 반응이 돌아왔다. 그 모습이 참 귀엽고 순진해 보였다. 당시 나는 한창 주목 받고 있던 선수였고, 나이차도 많이 났기 때문에 아내는 내가 부담스러웠을 것이다. 그럼에도 몇 차례 고비 끝에 우리는 정식으로 사귀게 되었고 결혼 약속까지 하게 되었다.

내가 워낙 바빠서 데이트다운 데이트도 못 했다. 나는 아내를 매일 보고 싶은 마음에 "결혼해서 외국 가자"고 했다. 그러자 아내는 내게 프러포즈를 확실하게 하라고 했다. 낯간지럽고 쑥스러웠지만 아내와 결혼은 꼭 해야겠으니 별 도리가 없었다. 이벤트 MC를 하는 '김쌤' 김홍식 형과 김제동 형의 도움을 받아 프러포즈 이벤트를 기획했다. 작은 카페를 몇 시간 빌려서 장미꽃도 놓고, 아내와 찍은 사진을 크게 뽑아서 붙여놓았다. 사랑한다고 말하는 영상도 틀 계획이었다. 그런데 그날은 경기가 잡혀 있던 날이었다. 시즌 막바지였는데, 하필 계속 연장전이 이어졌다. 연장이 길어질수록 점점 초조해지면서 그저 '빨리 끝나야 되는데' 하며 애만 태웠다. 다행히 경기는 이겼고, 간신히 시간 안에 도착해서 몹시 서둘러 엉성하게 프러포즈를 마쳤다. 그런데 아내가 울고 있었다. 얼마나 신경을 못 써줬으면 이런 작은 일에 울까 싶어서 더 미안했다. 살면서 더 잘해주겠다고 다짐했다.

우리는 아내가 스물한 살이 되던 해에 결혼했고, 5년 후에 아이를 낳기로 계획을 세웠다. 나도 많은 나이는 아니지만 한창 친구들과 어울리고 공부해야 할 시기에 운동선수의 아내로 살게 하는 게 미안해서 신혼을 길게 즐기기로 한 것이다. 어렸을 때부터 내 생활은 훈

련, 운동, 경기 같은 단어로 들어차 있었다. 연애 시절 아내와 얼굴을 맞대고 앉아 있는 시간이 적었기에 5년 동안만이라도 커피 한잔 마시며 하루 일도 이야기하고, 손 꼭 붙들고 마음 놓고 데이트를 하고 싶었다. 내가 집을 비운 동안 그녀가 하고 싶어 하는 공부도 마음껏 하게 해주고 싶었다. 그 시간마저 아이와 나눠 갖는 건 일찍 시집 온 아내에게 미안한 일이었다.

하지만 생각과 다르게 다른 문제로 아내에게 미안한 일이 많이 생겼다. 연애 때는 한 번도 다툰 적이 없는데, 역시 결혼과 연애는 다른 모양이다. 사실 그때는 둘 다 서로의 입장을 바꿔 생각할 여유가 없었다. 나는 한국에서 잘되던 야구가 일본에 와서 흔들리는 바람에 힘들어 하고 있었다. 출발은 좋았지만 경기를 거듭할수록 성적은 저조해졌다. 아무리 연습해도 안 되고, 폼을 바꿔도 안 되고, 답답하기만 했다. 갈수록 낮아지는 성적과 회복 기미가 없는 실력에 스트레스가 쌓일 대로 쌓여 있었다. 그러는 사이, 내 눈치도 봐야 하고 타국 생활에도 적응해야 했던 아내는 점점 외로워졌다. 친구도, 가족도 없는 외국에서 혼자 생활해야 했으니 당연한 일이다. 그런데 난 내가 잘하면 다 잘될 것이란 생각에 더 야구 생각만 하게 되었고, 그럴수록 아내는 외로움 속으로 더 깊이 빠져들어 갔다.

아내의 외로움이 내가 생각한 것 이상으로 심각하다는 것을, 대화를 나누면서 알게 되었다. 남자와 여자라는 존재가 본래 다르기도 하겠지만, 우리 둘은 정반대의 세상에 살던 사람들이었다. 그녀는 모델 일을 하고 연극을 전공해서 감정의 깊이를 중요시하고, 표현 하나하나가 조심스러운 서울 여자였고, 지금껏 운동만 해온 나는 몸으로 표현하는 것만 잘할 뿐 말 한마디에 숨겨진 의미를 읽는 데 약한 경상도 남자였다.

내가 힘들어하는 것을 알고 있었기에, 아내는 자신도 아프면서 티내지 못한 채 혼자서 앓고 있었던 것이다. 이러다 큰일 날 것 같아 우리는 아이를 갖기로 했다. 둘보다 셋이 되면 아내도 외롭지 않아서 좋고, 둘을 반반씩 닮은 아이를 낳아서 진짜 가족을 이루면 더 행복하겠지 싶었다.

다행히 아내가 임신을 한 뒤 우리 생활은 안정을 찾기 시작했다.

나. 36. 이승엽

일단 좋은 것만 생각하고 좋은 말만 하려고 하니 싸우는 일이 줄었고, 그러면서 아내의 스트레스를 조금이라도 이해하게 됐다. 나는 야구에만 쏟던 열정과 관심을 덜어 아내에게 쏟았다. 내 인생을 100이라고 한다면, 그때까지 야구는 80 정도를 차지했다. 나머지 20을 가족들과 지인들이 나눠 갖고 있었다. 아내가 해준 내조에 비하면 턱없이 모자란 애정이긴 하지만 최선을 다하려고 노력했다. 힘들어하는 아내를 위해 마사지를 해주고, 어떻게든 연습을 빨리 끝내고 들어와서 설거지 같은 간단한 집안일도 했다. 무거운 몸으로 혼자 나갔다 혹여 다칠까 싶어 산책도 함께 다녔다.

아무리 노력한다고 해도 많이 부족했다. 아내는 야구밖에 모르는 남편을 둬서 답답한 게 많았을 것이고 자기도 모르는 것투성이였을 텐데 무엇이든 척척 해냈다. 아내는 내 건강과 스케줄을 관리해주고 집안 대소사도 챙겼다. 혼자서 일본어 공부도 한다기에 그런가 보다 했는데, 그 실력이 가끔 밖에 나가면 나도 깜짝 놀랄 만큼 뛰어났다. 입덧이 심했을 때도 드러내지 않으려고 노력하며 나를 위해 희생했다. 나이는 나보다 어린 신부지만 훨씬 어른스럽고, 외모보다 내면이 더 아름다운 여인이다. 팔불출이라 해도 오늘만큼은 마음껏 자랑하고 싶다. 아내가 있어서 이승엽이 있는 것이다.

"이송정! 당신이 최고다. 다음에 태어나도 나와 결혼해줄래?"

아빠 반성문

첫아이 은혁이는 출산 예정일에 나오지 않았다. 매일매일 조마조마했다. 원정경기가 잦은 직업이다 보니 내가 너무 멀리 있는 사이에 태어나면 어쩌나 싶었다. 예정일을 2주나 넘겼는데도 은혁이는 얼굴을 보여주지 않았다. 그 사이 나는 오사카로 원정경기를 떠났다. 아내는 전혀 소식이 없으니 안심하라고 했다.

그런데 경기 전날 연습 끝내고 저녁밥을 먹던 중에 갑자기 연락이 왔다. 아내가 병원에서 유도분만 중이라고 했다. 나중에 알게 된 것이지만, 아이가 예정일을 2주 이상 넘겨 배 속에서 너무 자라면 엄마에게도 아이에게도 위험하다고 한다. 아내는 이 위험을 피해 유도분만을 시도한 것이다.

당시에는 유도분만이 무엇인지 자세히 몰랐다. 약물을 사용해 아이가 나오도록 유도하는 것이라는데, 그저 아기가 곧 나올 것 같다는 얘기만 들렸다.

어떻게든 가야만 했다. 아무도 없는 외국에서 출산할 때마저 아내를 외롭게 하고 싶지는 않았다. 내가 있는 곳에서 병원까지 가려면 기차를 한 번 갈아타고 다시 이동해야 했다. 그럴 시간도, 교통편도 없었다. 신칸센은 막차가 끊겼고, 심야 버스 티켓은 매진된 상태였다. 선수단도 내일 경기 일정에 바쁘니 차를 태워달라고 할 수도 없었다. 하는 수 없이 콜택시를 불렀다. 요금이 13만 엔 나왔다. 우리 돈으로 130만 원 정도이니 한국에서 미국 비행기 왕복 티켓값보다 비쌌다. 하지만 한 달 내내 용돈 없이 지내더라도 외국 병원에서 출산을 기다리며 두려움에 떠는 아내 곁을 지킬 수 있다면 아까울 게 없었다.

고맙게도 우리 첫아이는 내가 병원에 도착하길 기다려주었다가 세상에 나왔다. 갓 태어난 아이를 안고 눈물 흘리는 부모들을 가끔 보면서 결혼하면 다 낳는 아기를 뭐 그리 신기하다고 울기까지 하나 싶었는데, 내가 울게 되었다. 감격스럽기도 했지만, 혼자 견뎌낸 아내에게 미안했고, 고마웠고, 부모님 생각도 났다.

그러나 병원에 오래 있을 수는 없었다. 팀 경기를 내가 망칠 수는 없었기에 다시 오사카로 돌아가서 경기를 했다. 은혁이가 태어난 그날, 우리 팀은 이겼다. 2005년 8월 12일. 동료들의 따뜻한 배려 속에 경기를 마친 뒤 승리구를 승리투수가 아닌, 아버지가 된 내가 받았다.

둘째 은준이는 서울에서 낳았다. 다행인지 불행인지, 둘째를 낳은 2011년에는 내가 부상으로 1군 엔트리에서 제외된 상태였다. 부진과 부상 등으로 2군행 통보를 받은 게 처음은 아니기에 마음이 예전만큼 약해지지도 않았고, 곧 태어날 아이를 만날 생각에 마냥 힘들지만은 않았다. 그러니 아내를 위해 서울에 가겠다는 생각을 할 여유도 있었다. 아내와 둘째가 잠깐이라도 친숙하고 편안한 환경에서 생활하기를 바랐다. 구단 측은 내가 둘째와 순조롭게 만날 수 있도록 한국행을 허락해줬다. 쉽지 않은 결정이었을 텐데, 다시 한 번 감사드린다.

둘째가 태어나던 날, 은혁이와 나는 기분이 무척 좋았다. 은혁이는 동생을 볼 생각에, 나는 드디어 내 작은아들을 만난다는 생각에 들떠 있었다. 몸뚱이가 내 허벅지보다도 작은 아이. 작은 은혁이보다 더 작을 아이. 그렇게 작고 귀여운 내 아이를 병원에 있던 꾀죄죄한 모습으로 만날 수는 없었다. 나와 은혁이는 둘째가 태어나는 모습을 지켜본 뒤 집으로 돌아갔다. 온몸 구석구석을 깨끗하게 씻고 옷도 깔끔한 걸로 갈아입었다.

은혁이와 손을 꼭 잡고 다시 병원에 도착했다. 그런데 아내가 보이지 않았다. 아내를 중환자실로 옮겼다고 했다. 몸 상태가 좋지 않아 큰 병원으로 옮겨 큰 수술을 받아야 할지도 모른다고 했다. 생각지도 못한 사태에 말문이 막혔다. 첫째를 낳을 때도 그랬는데, 이번에도 내가 해줄 수 있는 게 없다는 생각에 좌절감이 밀려왔다.

이승엽은 야구장에서는 슈퍼스타였지만 가족에게는 무용지물이나 다름없었다. 내가 할 수 있는 건 기도뿐이었다. 은혁이도 작은 두 손을 모아 엄마가 아프지 않게 해달라고 기도했다. 다행히 수술대에 오르는 최악의 상황은 면했다. 초롱초롱한 두 눈이 너무나 예쁜 둘째와, 지쳐서 잠든 아내 얼굴을 보니 또 눈물이 고였다. 아내와 아이를 지켜주신 하늘에 감사했다.

아내를 잃을 수도 있다는 생각을 그때 처음 했다. 아이를 낳는

다는 것이 그토록 위험한 일이라는 사실을 처음 실감했다. 사랑스러운 둘째 은준이는 우리의 기도와 아내의 고통 속에서 힘들게 태어난 아이다.

둘째를 낳기 전까지 나는 아내에게 또 하나의 아들 같은 존재였음을 고백한다. 첫째 은혁이는 한국이 아닌 일본에서 태어났기 때문에 아내가 더 힘들 수밖에 없었다. 말도 잘 통하지 않는 외국 병원을 다니는 게 쉬운 일은 아니었다. 당연히 내가 함께 있는 날보다 없는 날이 많았다. 아내는 혼자 병원을 다녔고, 집에서 우는 날이 많았다.

은혁이를 낳고도 나의 철없음은 고쳐지지 않았다. 한국에 머무는 기간이 1년 중 두세 달밖에 되지 않았기에 사람들이 너무 그리웠고, 만나면 헤어지는 게 아쉬웠다. 친구들과 새벽 두세 시까지 당구를 치다가 들어간 날도 많았다. 아내는 집에서 혼자 은혁이를 씻기고, 먹이고, 놀아주고, 동화책을 읽어주고, 장을 보고, 내 밥을 차리고, 나를 기다리며 24시간을 보냈다. 나는 사람들을 만나지 않을 때는 운동한다고 대구에 갔다. 아내는 한 번도 이런 일로 싫은 티를 내지 않았다. 아쉬운 소리 한 번 하지 않았다. 정말로 힘들고 섭섭했을 텐데. 지금 생각해도 나는 참 어리석은 남편이었고 부끄러운 아빠였다. 잘해준다고 약속하고 결혼했지만 잘해준 게 없었다. 소박맞아도 할 말 없는 남편이었다. 은준이를 낳은 날, 아내가 중환자실로 가고 큰 수술을 해야 할지도 모르는 상황에 닥쳐서야 정신이 번쩍 들었다.

여자는 열 달 동안 불러오는 배를 지켜보며, 아이의 발길질과 움직임을 느끼며 단단히 준비를 하다 아이를 맞는다. 그런데 남자들은 아무런 경험이나 느낌 없이 지내다가 어느 날 갑자기 아빠가 된다. 그러니 나처럼 '준비 안 된 아빠'들이 많을 수밖에. 임신 기간 내내 아내와 많이 소통하고, 병원도 같이 다니고, 배 속의 아이와 이야기를 나누면서 아빠 공부를 해야 된다는 말을 하고 싶어서 부끄러움을 무릅쓰고 고백하는 것이다.

여전히 많이 모자라지만, 둘째가 생기고 나서야 철이 좀 들기 시작했다. 마침 한국에 복귀해서 사람들도 자주 만나면서 조금은 마음의 안정을 되찾은 상황이기도 했다. 무엇보다도, 안 그래도 힘든 아내를 더 힘들게 하면 안 되겠다는 마음을 먹게 된 것이 가장 큰 발전이었다. 혼자서 아이 둘을, 그것도 사내아이 둘을 키우는 것은 정말 힘든 일이다. 나는 아내의 수고를 덜어주려고 은준이가 태어나고 나서는 9시 전에는 꼭 집에 들어가려고 노력했다.

타고난 '좋은 아빠'가 있을까? 아빠도 공부와 성장이 필요하다. 야구 연습 하는 것처럼 아빠 연습도 열심히 해서 아빠로서도 좋은 성적을 기록하고 싶다. 물론 남편으로서도!

다른 아버지가 되고 싶다

아이를 낳고 나서 외로워하고 힘들어하는 아내를 위해 뭐라도 해주고 싶었지만 특별한 위로법이 없었다. 내가 할 수 있는 건 그저 손을 잡아주는 것뿐이었다. 변명 아닌 변명을 하자면, 다정다감함과는 거리가 먼 집안 분위기 속에서 자란 탓에 그런 상황에서 뭘 어떻게 해야 하는지 잘 알 수가 없었다. 우리 아버지는 하늘 같고 나무 같은 존재였다. 존경스럽고 든든하지만 가까이 가기는 쉽지 않은 아버지였다. 그런 가정에서 성장한 나는 아내에게 다정하게 한마디를 건네는 일이 오글거리고 쑥스러웠다. 아이들에게도 마찬가지였다. 두툼한 내 손으로 만지면 다칠까봐 겁나서 아이들을 잘 안지도 못했다.

내 아버지를 좋아하지만 나는 다른 아버지상을 그렸다. 가까운 친구 같고 살가운 형 같은 아빠. 그런데 방법을 몰랐다. 그래서 주변의 이야기를 많이 들었다. 처음부터 잘할 수는 없으니 하나씩 하나씩 고쳐나가면서 달라지고자 노력하면 해낼 수 있으리라 믿었다.

가장 먼저 한 일은 내 고집을 꺾는 것이었다. 나는 내가 원하는 것은 꼭 해야 했고 상대방이 내 의지를 따라주기를 바라는 사람이었다. 싱글일 때는 큰 문제가 없었지만 결혼을 하고 나니 문제가 많이 발생했다. 아내는 나보다 나이가 어렸지만 나보다 훨씬 현명한 생각을 할 때가 많았다. 결혼생활은 모든 것을 함께하는 것이지 결정권을 내가 쥐고 흔드는 게 아니었다.

'아이들에게 강요하지 않겠다', '절대 목소리 높여 화내지 않겠다', 이것은 나만의 약속이다. 그 약속을 지키기 위해 아이가 잘못을 해도 세 번까지는 참고, 절대 때리지 않는다. 아이에게 무엇을 잘못했는지 깨닫게 하고 좋은 방향으로 나갈 수 있도록 함께 찾는다. 나는 두 아들과 친구처럼 지내고 싶다. 늘 연습과 훈련을 하느라 아이들과 함께 보낸 시간이 적었는데, 이제 야구를 하지 않게 되었으니 더 자주 함께 놀러다니고 싶다. 아이들이 엄마에게는 털어놓지 못할 고민도 내게는 털어놓고, 친구들과의 다툼이나 인간관계에서 생기는 걱정거리를 내게 말하고 함께 고민해주면 고맙겠다. 그런 부자 사이가 되고 싶다.

내가 아이들을 교육하는 방법은 아내와는 좀 다르다. 아내뿐만 아니라 대부분의 부모들이 자녀 교육에 많은 신경을 쓴다. 어떻게 하는 것이 정말로 옳은 교육법인지는 모르지만, 나는 우리 아이들에게 더 뛰어놀게 해주고 싶다. 다만 하고 싶은 일에 최선을 다하는 사람이 되길 바란다. 내가 아이들에게 해주고 싶은 말은 이것이다.

"하고 싶은 게 있다면 네가 할 수 있는 최선의 방법을 써봐. 물론 그렇게 했는데도 네가 원하는 결과가 나오지 않을 수 있어. 그래도

그건 후회할 일은 아니야."

　　최선을 다한다고 반드시 잘하게 되는 건 아니다. 못해도 괜찮다. 하지만 최선을 다한다면 잘 안 됐을 때 후회와 미련은 남지 않는다. 프로답지 않은 말일 수도 있다. 그래도 나는 결과보다 과정 속에서 최선을 다했느냐 그러지 않았느냐가 더 중요하다. 아이들이 하고 싶은 일을 하면서 최선을 다할 수 있도록 도움 주는 아빠가 되고 싶다.

　　만약 아들이 야구를 하겠다고 하면 어떻게 할 것이냐는 질문을 많이 받는다. 난 하고 싶다면 말리지 않을 생각이다. 하고 싶어하는 것을 말린다고 해도 쉽게 포기하지 않으리라는 것을 알기 때문이고, 그로 인해 나와 아들 사이가 벌어지는 것도 원하지 않는다. 하지만 힘든 길이라는 것을 자세히 하나하나 말해줄 것이다. 그래도 하겠다면, 잘 할 수 있도록 최선을 다해 도와줄 것이다.

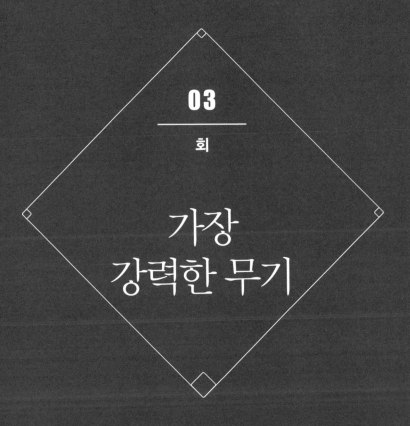

03
회

가장
강력한 무기

SEUNG YUOP LEE

진정한 노력은 배반하지 않는다

이정훈 선배님을 만난 것은 운명이었다. 지금은 한화 이글스 스카우트 팀장으로 있지만 여전히 내 마음속의 현역 선수이고, 여전히 고마운 선배님이다. 그분은 하늘에서 보내준 사람이 틀림없다. 내가 제대로 된 야구선수로 자라도록 가르쳐주라고 말이다. 원래 다른 팀 소속이었던 선배님은 1994년 12월 트레이드를 통해 삼성 라이온즈에 오게 되었고, 내가 입단한 1995년부터 함께 운동하게 되었다.

선배님의 첫인상에서는 범접할 수 없는 카리스마가 느껴졌다. 평소에는 잘 웃다가도 연습만 시작하면 웃음이 싹 사라졌다. 실전처럼 근성 넘치는 플레이와 온몸에서 느껴지는 파이팅이 인상적이었다.

선배님과 훈련을 함께하다 가끔 내 모습을 거울에 비춰보면 그분이 더 신인 같고 패기가 넘쳐 보였다. '악바리'라는 그의 별명은 흉이 아니라 훈장이었다.

당시 나는 프로야구계에서는 신인이었지만 야구를 잘한다는 소리만 듣고 자라 어깨에 힘이 들어가 있던 게 사실이다. 노력보다 재능을 더 믿었고, 어느 정도 성적도 따라줬다. 선생님들께 늘 칭찬을 받았기에 내가 진짜 잘하는 줄 알았다. 그러니까 '이 정도면 됐지, 이만큼만 해도 되네' 하며 현재 모습에 만족했다. 지금 생각하면 한심하고 부끄러운 일이다. 그럴 때 이정훈 선배님을 만나서 정말 다행이었다.

타자로서 이정훈 선배님께 배울 점이 너무나 많았다. 1987년 프로야구에 데뷔해 경력 8년이 넘는 베테랑 선수였는데도 연습량이 어마어마했다. 작은 체구에 번개처럼 빠른 스윙, 끝까지 투수를 무섭게 노려보며 물고 늘어지는 모습은 언제나 멋있었다. 반면 나는 눈빛은 흐리고 포기도 빨랐다. 이미 상대 투수에게 지고 타석에 들어갈 만큼 내 눈빛에는 힘이 없었다.

선배님의 근성을 보면서 내 것으로 만들고 싶었다. 물론 독한 표정만 짓는다고 근성이 생기는 건 아니다. 선배님처럼 피나는 노력을 하고 벼랑 끝 위기에서도 살아남을 의지가 있어야만 가능하다. 그래서 선배님께 많이 배우고 싶었다. 하지만 연습량도 많고 공부도 열심히 하는 선배님께 먼저 가서 가르쳐달라고 말하기가 죄송했다. 나는 가슴 졸이며 때만 기다리고 있었다.

그런데 어느 날 선배님께서 불쑥 "넌 스윙이 부드럽다. 대성할 것 같은 예감이 든다" 하고 칭찬해주셨다. 꿈만 같았다.

당대 최고의 타자에게 극찬을 받고 나니 정말 열심히 배워서 좋은 선수가 되겠다는 의지가 솟았다. 그런 마음을 눈치 채셨는지 선배님은 멘토 역할을 자처해주셨다. 선배님은 항상 기술적인 면보다 정

신적인 부분을 강조했다.

"승엽아, 오늘 안타 두 개 때렸다고 좋아하면 내일 경기에서 5타수 무안타 나온다. 안타 친 건 빨리 잊고 열심히 훈련해라."

내가 잘해서 우쭐해 있으면 자만에 빠지지 않도록 뼈 있는 말씀을 해주셨다. 기록이 안 좋은 날이면, 매일 잘하는 선수는 없는 법이고 오늘만 날이 아니니 빨리 잊으라고 위로해주셨다. 내 처진 마음을 끌어올릴 수 있는 격려의 말이었다. 덕분에 자연스럽게 마인드 컨트롤을 하며 평정심을 유지할 수 있었다.

'진정한 노력은 결코 배반하지 않는다'는 좌우명도 이정훈 선배님의 선물이었다. 당시 전성기가 지난 선배님은 "나는 몸도 아프고 하니 이제 이건 네가 써라" 하며 자신의 좌우명을 건네셨다. 나는 선배님의 말은 가벼웠지만 그 마음은 절대 가볍지 않다는 것을 알았다. 후배를 향한 선배의 깊은 사랑이 없다면 꺼낼 수 없는 말이었다.

인생의 좌우명을 누군가에게 물려주는 일은 자신이 지금까지 그 좌우명에 부끄럽지 않게 살아왔을 때에만 가능하다. 선배님은 자신의 좌우명을 물려받을 후배도 그 교훈에 기대어 끊임없이 노력하며 발전하길 바라는 마음이었을 것이다. 그 마음은 무게를 잴 수 없을 만큼 무거운 것이다.

과분한 선물을 받고 난 과연 '진정한 노력'이 무엇인지 깊이 생각하게 되었다. 우리는 살아가면서 누구나 다 노력을 한다, 최선을 다해 노력한다고도 하고, 온 마음을 다한다고도 하고, 뼈를 깎는 각고의 노력을 한다고 말들을 한다. 그중에 진정한 노력은 무엇일지 생각해

보니 답은 간단했다. 어떤 어려움에도 흔들리거나 포기하지 않고, 할 수 있다는 믿음으로 끝까지 가는 것이란 나름의 정의를 내렸다. 그리고 그 말을 믿고 달려보겠다는 각오를 다졌다.

선배님은 일부러 시간을 내서 내게 여러 조언도 해주셨다. 멘탈 코칭도 받았다. 선배님의 가르침 덕분에 나는 진짜 프로야구 선수가 되어갔다. 선배님을 보며 땀의 진실과 승부 근성에 대해 깨닫게 되었다. 배운 대로 실천하며 정신 무장을 마친 나는 1997년 생애 첫 정규 시즌 MVP에 등극했다.

나의 유일한 무기는 노력

연습생 출신 익성이 형(최익성, 한국독립야구연맹 사무총장)과 동수 형(이동수, 전 SK 와이번스 퓨처스 타격 코치)의 눈물겨운 노력 또한 내게 큰 울림을 줬다. 익성이 형과 동수 형은 요즘 표현을 빌리자면 흙수저 출신이다. 밑바닥에서 시작해 1군 주축 선수가 된, 연습생 신화의 주인공이다. 프로 구단의 지명을 받지 못해 연습생(현 육성선수)으로 입단한 뒤 피나는 노력 끝에 1군 주축 선수가 된 것이다.

자칭 '경주 촌놈'인 익성이 형은 중학교 2학년 때 처음 야구 배트를 잡았다. 뒤늦게 시작해서 기본기가 부족했기 때문에 제대로 기회를 얻지 못했다. 부지런히 노력한 끝에 1994년 프로 선수 유니폼을 입은 익성이 형은 1997년 20홈런-20도루를 달성하며 이름을 알리기 시작했다.

형은 '연습 벌레'라고 불릴 만큼 밤낮 가리지 않고 열심히 노력했다. 괴짜 이미지가 강한 편이지만 누구보다 땀의 진실을 믿었다. 백인천 감독님의 전폭적인 지지를 받으며 리드오프로서 자리매김하고

도 더 열심히 땀을 쏟았다.

어느 날 내가 "익성이 형, 조금 쉬어가면서 해도 되지 않습니까?" 하고 물었다. 그랬더니 "나는 잠시만 방심해도 끝장난다. 나의 유일한 무기는 노력밖에 없다" 하는 대답이 돌아왔다. 이러니 성공할 수밖에.

익성이 형과는 요즘도 자주 연락한다. 형은 "야구 발전을 위한 새로운 개척에 나설 거다"라고 늘 말한다. 고속도로를 달릴 수 있는데도 비포장도로를 고집한다. "누군가는 해야 할 일"이라면서 "무엇이든 상상 그 이상을 보여주겠다"는 익성이 형. 땀의 진실을 잘 아는 사람이기에 언젠가는 반드시 목표를 이룰 것이다.

나보다 세 살 위인 동수 형은 뼈를 깎는 노력을 통해 실낱같은 희망을 살린 케이스다. 동수 형도 1군 승격 기회를 제대로 얻지 못했다. 2군 선수, 그것도 연습생 출신이다 보니 더 그럴 수밖에 없었다. 대구고 시절 유격수로 뛰었던 형은 프로 데뷔 후 1루수로 나섰으나 1군의 벽을 넘기엔 부족했다. 1995년 스프링캠프 때에는 3루로 수비 위치를 옮겼다. 3루수는 핫코너라 불릴 만큼 강습 타구가 많다 보니 수비에 대한 부담이 큰 편이다. 형은 언젠가는 기회가 올 것이라 믿으며 벼랑 끝에 섰다는 각오로 쉴 틈 없이 수비 훈련을 했다.

땀은 진실했다. 타율 2할8푼8리(420타수 121안타) 22홈런 81타점 70득점. 신인왕 후보에 이름을 올린 동수 형은 국가대표 출신 강타자 마해영(당시 롯데 자이언츠) 선배를 제치고 신인왕을 품에 안았다. 그야말로 흙수저의 역습이었다.

이후 동수 형은 TBC 라디오 야구 해설위원과 대구 지역 아마추어 지도자를 거쳐 SK 와이번스 퓨처스 타격 코치로도 활동했다. 눈물 젖은 빵의 맛을 누구보다 잘 아는 동수 형이 제2의 이동수들을 키울 것이라고 기대한다.

야구는 나이로 하는 게 아니다

내가 마흔까지 뛸 것이라고는 상상하지 못했었다. 삼십대 중반까지만 선수 생활을 하더라도 성공이라고 생각했다. 내가 프로에 데뷔했을 때 삼십대 중반에 은퇴하는 선배들이 대다수였다. 불혹의 나이에도 현역 생활을 이어갈 수 있었던 건 노력 덕분이다. 주변에서 "아, 이제 너도 마흔이네"라고 말할 때면 "아직 몸으로 느끼는 건 전혀 없다"고 답했다. 나이는 숫자에 불과하다.

성장하는 후배들의 모습을 보면서 자극을 받기도 했다. 경기 전 타격 훈련을 할 때 후배들의 타격 자세를 유심히 지켜봤다. 하루가 다르게 성장하는 모습에 그야말로 괄목상대하게 되는 때가 많았다.

야구에서 나이, 학력, 재력 같은 것들은 모두 무의미하다. 오로지 실력으로만 승부해야 한다. 늘 하는 말이지만 야구장에 가면 스무 살이든 마흔 살이든 다 똑같다. 후배들은 선배들보다 더 노력해서 따라잡겠다는 마음뿐이고, 선배들은 후배들에게 뒤지지 않겠다는 마음뿐이다. 노력은 나이를 이길 수 있다.

나. 36. 이승엽

자신이 얼마나 노력하느냐에 달렸다. 체력이 예전 같지 않으면 더 키우면 된다. 머리도 마찬가지다. 흔히 '나이가 들어서 그런지 기억력이 예전 같지 않다'고들 말하는데, 머리를 자꾸 쓰면 해결된다. 어쩌면 변함없길 바라는 자체가 욕심일지도 모른다. 그래서 나는 생각을 바꿨다. 중요한 내용이 아니기에 굳이 기억하지 않는 것이라고 스스로를 달랬다. 기억력이 감퇴된다고 느껴지면 일상에서 열심히 메모하는 습관을 들이면 된다. 내 나이를 인정하고, 받아들이고, 적응하는 것. 이 모두를 노력이라고 부를 수 있지 않을까?

국내 무대 복귀 2년째인 2013년, 타율 2할5푼3리(443타수 112안타) 13홈런 69타점 62득점으로 시즌을 마쳤다. 고개를 떨굴 만큼 내겐 큰 충격이었다. "한물갔다"는 이야기가 들리기 시작했다. 자존심에 적잖은 상처를 받았다. 이대로 무너진다면 끝장이라는 생각이 들었다. 지금까지와는 전혀 다른 변화와 노력이 필요하다고 판단했다. 예전에 성적이 좋지 않을 때면 '나도 이제 나이가 들었구나' '이게 전부구나' 생각했다. '이제 그만둬야 할 때인가' 생각이 든 적도 있었다. 하지만 그러면 나와의 싸움에서 지는 것이다. 나는 독하게 마음을 먹었다. 일본 진출 첫해 성적 부진으로 굴욕을 경험했을 때 다시 일어설 수 있도록 도와준 오창훈 세진헬스 대표에게 다시 손을 내밀었다. 삼십대 후반에 전만큼 강도 높은 훈련을 소화한다는 게 여간 힘든 일이 아니었다. 그렇다고 이대로 무너질 수 없었다. 반드시 이겨내야 한다는 일념으로 이를 악물었다.

두 번의 실패는 없었다. 2014년, 나는 보란 듯이 제 모습을 되

찾았다. 야구는 나이로 하는 게 아니라 실력으로 해야 한다는 걸 다시 한 번 깨달았다. 물론 흐르는 세월을 거스를 수는 없고 나이가 들면 자연스레 기량이 떨어질 수 있다. 그러니까 젊었을 때보다 야구에 투자하는 시간이 더 많아야 하고 야구에 더 몰입해야 한다. 젊은 선수들과 맞붙어 이기기 위해서는 그럴 수밖에 없다. 그렇게 한다면 전성기만큼은 아니더라도 충분히 좋은 모습을 보여줄 수 있다. 정신일도 하사불성. 마음가짐이 정말 중요하다. 노력 없이는 절대 승리의 기쁨을 누릴 수 없다.

나는 여러 사람에게 도움을 받으며 젊었을 때도 정말 열심히 했다. '나이 든 현역 선수'가 되고 나서는 더 열심히 했다. 나이가 들면 분명한 체력 차이를 느끼게 된다. 그래도 나이가 들었기 때문에 야구를 못 한다는 건 변명에 불과하다. '나이가 드니 이제 안 되는구나' 생각하는 순간 끝이다. 나이 때문에 떨어진 기량은 더 큰 노력으로 채울 수 있다. 잘하는 건 나이와 상관없다.

경산 볼파크의 별이 빛나는 밤

삼성 라이온즈에서는 대졸 2년차까지, 고졸 5년차까지 숙소 생활이 의무였다. 젊은 선수들이 훈련에만 몰두하도록 하기 위해서다. 이를 통해 선수들은 실력을 기를 뿐만 아니라 정신적으로도 성장하게 된다. 삼성 라이온즈 선수들이 숙소 생활을 하며 훈련하는 경산 볼파크는 대구 중심가에서 남동쪽으로 25킬로미터 떨어져 있다. 지금은 아파트 단지가 들어서면서 제법 번화해졌지만 예전에는 그냥 시골 마을이었다. 공해와는 거리가 멀어 밤하늘에 별이 가득했다. 인적이 드물고 도로 상황도 좋지 않아 차가 없으면 외부 출입이 거의 불가능했다.

나 역시 1995년부터 2000년까지 숙소에서 지냈다. 한창 놀고 싶은 스무 살에 숙소 생활을 하면 불편할 거라고 생각하는 게 일반적이지만, 나는 달랐다. 돌이켜보면 경산 볼파크에서 지냈던 그 시간이 내겐 보약이었다. 경산 볼파크는 야구에만 몰두할 수 있는 최상의 환경이다. 아침에 일어나 잠들기 전까지 온통 야구 생각만 할 수밖에 없다.

프로야구 선수는 수많은 유혹에 쉽게 노출된다. 유혹이 큰 만큼 그 파장도 어마어마하다. 숙소 생활을 통해 노력과 절제가 무엇인지 깨달았다. 할 거 다 하면서 원하는 목표를 이룰 수는 없다. 원대한 꿈을 이루기 위해서는 버리고 포기해야 할 게 한두 가지가 아니다.

경기가 있든 없든 하루에 한 시간씩 개인 훈련을 소화했다. 일종의 루틴이다. 야간 경기가 끝난 뒤 숙소에 가면 편한 옷으로 갈아입고 옥상에 올라가 방망이를 휘둘렀다. 심지어는 수도권 원정 경기를 마치고 새벽 두세 시에 숙소에 도착한 뒤 홀로 훈련을 하기도 했다. 나도 사람이기에 쉬고 싶을 때도 있었다. 그럴 때마다 '오늘 걸으면 내일 뛰어야 한다'는 마음으로 힘들어도 꾹 참고 하루 목표량을 채웠다. 한 번 늘어지면 한도 끝도 없다. 방망이를 휘두르고 나면 몸은 피곤해도 마음은 편했다. 땀을 흘리고 나면 뭔지 모를 희열이 느껴졌다. 높은 산을 오르는 과정은 힘들지만 정상에 도착하면 산의 서늘한 바람과 맑은 기운이 그간의 힘겨움을 단박에 사라지게 한다. 그 느낌과 비슷하다고 보면 된다.

때로는 훈련을 마친 뒤 밤하늘을 쳐다보다 깊은 상념에 빠지기도 했다. 한국시리즈 우승을 상상해보기도 하고, 태극마크를 달고 국제무대에서 메달을 따는 모습을 그려보기도 했다. 즐거운 상상에 나도 모르게 미소가 나왔다.

개인 훈련은 그날 경기에 대한 복기와 반성의 기회이자 다음 날을 위한 준비 과정이기도 했다. 좋은 활약을 펼친 날이면 상승세를 이어가기 위해 더 열심히 노력했고, 안타를 못 친 날이면 방망이를 힘껏 휘두르며 분한 마음을 떨쳐냈다. 다음날 상대 팀 선발 투수를 머릿속에 그려놓고 훈련하기도 했다. 효과는 좋은 편이었다. 학창 시절 예습의 효과와 비슷했다. 나만의 '예습'을 마친 뒤 다음날 타석에 들어서면 칠 수 있다는 자신감이 차오르면서 바라는 대로 이뤄지는 경우가 많았다.

열심히 하면 성적이 쑥쑥 오르는 게 눈에 보이니 더욱 힘이 났다. 내가 노력하는 만큼 결과를 얻을 수 있다는 건 얼마나 행복한 일인가. 밤늦게 방망이를 들고 옥상에 오를 때면 콧노래가 절로 나왔다.

쉬는 날 친구들과 어울려 볼링과 당구를 치거나 '먹방 투어'를 찍는 게 유일한 일탈(?)이었다. 승관이(김승관. 롯데 자이언츠 1군 타격 코치)와 함께 정말 엄청 먹었다. 분식집에 가면 둘이서 3만 원어치 가까이 먹었다. 언젠가 스페셜 떡볶이, 만두, 라면, 김밥, 쫄면, 우동 등 이것저것 시켰더니, 종업원이 "손님 더 오세요?" 하고 묻기도 했다. 누가 많이 먹는지 내기를 하기도 했다. 그리고 나서 당구비 내기 한판 승부를 펼쳤다. 당구 대결에서도 승부욕은 불을 뿜었다.

숙소 생활을 하는 동안 나는 '신데렐라 리'였다. 버스가 끊기기 전에 집이나 숙소에 꼭 들어간다고 친구들이 붙여준 별명이다. 간혹 친구들이 "오늘 한번 제대로 달리자"고 할 때도 "미안하다. 먼저 들어갈게" 하며 양해를 구하는 게 다반사였다. 친구들과 함께하지 못해 미안한 마음이 컸지만 내게 야구보다 소중한 건 없었기에 어쩔 수 없었다. 숙소 생활이 너무나 익숙하고 성적도 잘 나오다 보니 예정보다 오랫동안 지냈다. 숙소에 머무를 나이를 훌쩍 넘어서도 숙소 생활을 고

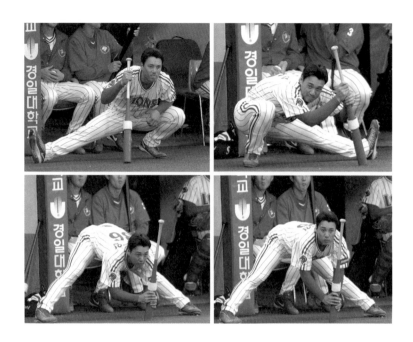

집했다. 구단 측에 양해를 구해 더 머물고 싶다고 부탁까지 했다. 7년
째가 되어 이제 더 이상은 안 된다는 최후통첩(?)을 받았다. 숙소 생활
을 정리하고 집으로 돌아왔을 때 뭔지 모를 어색함에 잠을 설치기도
했다. 좋은 기억이 많았기에 아쉬움이 컸나 보다. 일본 생활을 마치고
삼성에 복귀한 뒤 경산 볼파크에서 개인 훈련을 소화할 때 옛날 생각
이 많이 났다. 그때와 비교하면 많은 게 달라지긴 했지만, 내 야구 인
생에 가장 행복한 시간이었다.

실패의 시작은 만족의 순간에서

프로 세계는 냉정하다. 방심하는 순간 끝장이다. 그동안 반짝 하고 사라지는 스타들을 숱하게 봐왔다. 대부분은 '이만하면 됐다'는 자기만족에 무너지고 만다. 그렇기에 한시도 긴장의 끈을 놓으면 안 된다. 나는 라이벌이 있어서 계속 긴장했고, 그래서 성장할 수 있었다.

데뷔 후 첫 홈런왕에 오른 게 1997년이었다. 그해 정규 시즌 MVP 또한 나의 몫이었다. 그런데 라이벌이 등장했다. 이듬해 외국인 선수 제도가 도입되면서 마주하게 된 타이론 우즈(당시 OB 베어스)였다. 프로 무대 첫 라이벌이었다. '흑곰'이라 불렸던 우즈는 빅 리그를 단 한 번도 밟지 못한 무명 선수였다. 파워 하나만큼은 일품이었지만 국내 무대에 안착하는 게 쉽지 않을 거라는 전망이 다수였다. 하지만 예상과 달리 우즈의 적응 속도는 빨랐다. 시즌 초반에는 나와 홈런을 주거니 받거니 하면서 경쟁 구도가 이어졌다. 그러다 내가 6월에만 13홈런을 터뜨리고 7월에도 10홈런을 기록하는 등 우즈를 크게 앞질렀다.

8월 중순부터 상황이 달라졌다. 우즈가 가파른 상승세를 보이며 추격해 왔다. 나는 무조건 이겨야 한다는 마음만 앞섰다. 남을 의식하지 않고 내 경기를 해야 하는데 그러지 못했다. 밤잠을 이루지 못할 만큼 부담감이 컸다. 결국 우즈는 42홈런을 기록하며 홈런 부문 1위에 올랐고, 나는 네 개 뒤진 2위에 머물렀다.

가장 큰 패인은 나 자신이었다. 거북이와 경주를 벌인 토끼처럼 내가 자만했던 것이다. 누군가를 의식하고 연습을 하거나 경기에 나가면 안 되는데 내 머릿속에는 우즈가 가득 차 있었다.

우즈가 다음 해에도 잘하리라는 법은 없지만 내 마음가짐을 바꿔야 했다. 제2, 제3의 우즈가 나타나지 말라는 법도 없기 때문이다. 그 일을 계기로 또 다른 누군가가 나를 넘을 수 있기에 절대 만족해서는 안 된다는 걸 깨달았다. 나는 시즌이 끝난 뒤 절치부심 1999년 시즌을 준비했다. 그 결과 54홈런을 기록하며 생애 두 번째 홈런왕에 올랐다.

야구에는 100점이 없다. 특히 타자들은 잘해야 30점(3할)이다. 40점을 받는 것은 불가능에 가깝다. 여하튼 만족하는 순간 도태될 수밖에 없다. 많은 팬들이 아쉬워하는 2013 월드베이스볼클래식(WBC)도 같은 맥락이다. 이미 승리의 경험이 있기 때문에 우리 스스로를 100점이라고 생각했던 것 같다. 2006 WBC나 2008 베이징 올림픽은 워낙 중요한 게임이었기에 선수들의 몰입도가 상당해서 정말 열심히 했다. 물론 야구 선수들은 언제나 열심히 한다. 긴장을 늦출 수 없고 늦춰서도 안 된다. 약팀이 강팀을, 10등이 1등을 잡을 수 있는 게 야구이기 때문이다.

하지만 2013 WBC 때는 좀 안일하게 대처했던 게 아닐까 싶다. 이겨봤으니까 이길 수 있다고 생각했던 것 같다. 상대 팀을 더 세밀하게 분석하는 공부가 부족했고, '이기겠지, 뭐' 하면서 우리 실력에 만족했던 게 잘못이다. 2006년에 비해 세계 야구 수준도 상향평준화 되었고, 득점 차로 탈락한 경우라 경기를 심각하게 못했다고 생각하지는 않지만, 어쨌든 예선을 통과하지 못한 이유는 역시 '만족' 때문이었던 것 같다.

칠 수 없다면 치게 한다

나는 타격 폼을 수없이 바꿨다. 현역 선수 마지막 해에도 타격 폼을 바꿨더니, 지켜보는 사람들도 걱정했다. "잘못하면 슬럼프가 길게 올 수 있으니 그냥 하던 대로 해" 하며 우려하기도 했다. 타격 폼을 바꾼 건 도박에 가깝다는 시선도 있었다. 마지막 해이니만큼 어느 정도 성적만 낸다면 박수 받으며 내려올 수 있는 상황이었다. 하지만 난 끝까지 도전하고 싶었고, 그래서 마지막 변신을 시도하기로 했다.

내 야구 인생만큼은 마침표가 아닌 느낌표로 강하게 기억되고 싶었다. 나이를 먹어 체력도, 실력도 떨어져서 은퇴하는 게 아니라, 떠날 때를 알고 끝까지 열심히 하다가 떠나는 것이라며 스스로를 격려하고 싶었다. 그러려면 후회 없이 모든 시도를 다 해봐야 했다.

만약 내가 일정한 타격 폼으로 좋은 성적을 올렸다고 치자. 그러면 타 구단에서 모든 관계자와 투수 코치가 내 폼을 연구할 것이고, 그 폼을 타파할 구질을 개발할 것이다. 내 약점과 강점을 다 파악하고 공략해올 것이다. 그러니까 변화해야 하는 것이다. 그런데 이상하게

도 다른 사람의 조언을 받고 수정한 타격 폼은 다 실패했다. 역시 남의 것은 내 것이 될 수 없다. 내 몸과 머리, 가슴으로 받아들이고 내 것으로 만들어야 성공적인 변화가 가능하다.

김성근 감독님의 말씀은 내 머리에 벼락치는 느낌을 들게 했다. "왜 네 폼으로 치지 않느냐. 잘 치는 선수들은 자기만의 것이 있어야 한다." 그 말씀을 들은 뒤로 생각이 많이 바뀌었다. 일본에 있을 때에는 많이 바뀌진 않았지만, 2013년 실패 이후 많은 폼을 연구했다. 이 전략이 잘 통했고, 성적도 좋았다.

사람들은 보통 안 좋을 때를 잘 기억하지 않는다. 좋은 것만 기억하면서 자신에게 관대해지는 경우가 많다. 야구선수도 크게 다르지 않다. 좋은 플레이를 했을 때만 되새기면서, 예전에 잘했으니 지금도 잘할 거라 막연하게 마음을 놓는 선수들이 많다. 결코 옳지 않다. 현실을 바로 보고, 나쁜 플레이를 되새김질해야 한다. 나는 한 번씩 좋은 투수들이 나오면 심장이 멈출 것 같은 충격을 받는다. 못 보던 공이 날아오면 그 공을 칠 수 있도록 타격 폼이든 뭐든 이승엽이란 이름만 남기고 나를 다 바꿔야 한다.

은퇴를 앞두고도 하루에 세 번 네 번, 나를 바꿨다. 나이가 들면 힘이 떨어져 배트 스피드가 줄어드는 게 당연하므로 세월에 맞춰 사는 법을 터득하고자 했다. 그러기 위해서는 '만족'에 머무를 수 없었다. 고인 물은 썩는다고 하지 않는가.

현역 마지막 시즌에 20홈런을 돌파했지만 결코 만족할 수 없었다. 우리나라 나이로 마흔두 살이라는 걸 감안한다면 그리 나쁜 성적은 아니지만, 예전의 나의 모습에 비하면 너무 초라한 성적이었다. 이른바 전성기의 몸과 마음이 아니기에 변화가 필요했다. "예전에는 됐는데 이제는 안 된다"라는 말을 많이들 한다. 옛날 생각만 한다고 달라지는 건 없다. 현역 마지막 시즌이 끝날 무렵까지 내게 말년 병장의 여유 같은 건 없었다.

한 후배가 내게 물은 적이 있다.

"선배님, 이제 즐기셔도 되지 않습니까?"

그래서 내가 대답했다.

"아직 멀었다. 나는 여전히 야구가 너무 좋아. 야구가 안 되면 정말 미칠 것 같아."

언젠가 오늘을 돌이켜봤을 때 후회하지 않기 위해서는 단 한순간도 만족해서는 안 된다. 그게 자신에 대한 예의이자 의무 아닐까.

04
회

나를
믿는다

SEUNG YUOP LEE

라팍에 가장 먼저 출근하기

선수 시절에는 아침에 눈을 뜨면 야구장에 간다는 생각에 기분이 좋았다. 차를 몰고 집을 나설 때면 늘 마음이 설레었다. 내가 좋아하는 야구를 할 수 있다는 사실만으로 행복했다. 가는 길에 평소 좋아하는 음악을 들으며 흥얼거렸다. 야간 경기가 오후 6시 30분에 열리는데도 오전 11시 즈음 야구장에 도착했다. 야구장에 일찍 가면 마음이 편안하고 여유가 생겼다.

처음부터 모범생은 아니었다. 일본 무대에 진출하기 전까지는 '아슬아슬 대장'이었다. 선수단 미팅 시간이 오후 3시 30분인데 10분 전에 도착할 정도였다. 하지만 삼성 복귀 이후 야구장에 가는 게 너무 좋아서 거의 매일 1등 출근이었다.

야구장에 도착해서 가장 먼저 하는 일은 용품 정리였다. 배트, 장갑, 글러브, 헬멧, 스파이크 같은 야구 용품들은 내 분신과도 같다. 군인에게 총기 손질이 아주 중요하듯, 야구선수에게도 야구 용품을 손질하는 일은 중요하다. 나는 매일 닦고 하나하나 세세히 살펴봤다.

일본 무대에서 뛰면서 몸에 밴 습관이기도 했다. 일본 선수들은 야구장에 신이 있다고 믿는다. 경기장에 도착하면 신에게 "오늘도 부상 없이 뛸 수 있도록 도와달라"고 기도하고, 경기가 끝나면 "무사히 경기를 치를 수 있게 해주셔서 감사하다"고 인사한다.

나는 종교가 없기에 야구장에서는 나를 믿는다. 야구 용품들을 꼼꼼히 챙기면서 "승엽아, 오늘도 잘해보자"라고 인사한다. 야구 용품 관리는 내게 아침에 일어나면 꼭 해야 하는 세수와도 같다. 내 얼굴과 손을 닦듯, 내 배트를 닦고 모든 용품을 소중히 관리했다.

용품이 준비되면 몸을 준비한다. 장기 레이스를 치르려면 체력이 뒷받침돼야 하기에 웨이트 트레이닝은 필수이다. 하지만 오프 시즌만큼 강도를 높이는 건 아니고 체력 유지 차원에 가깝다. 웨이트 트레이닝은 훈련 전에 하는 게 가장 효율적이라고 생각한다. 힘이 있을 때 근력 운동을 해야 효과가 더 크다. 나는 수년 전부터 이렇게 해왔던 터라 웨이트 트레이닝 없이 훈련에 임하면 뭔가 허전하다. 젊을 땐 체력의 한계를 잘 모른다. 한 해 한 해 나이를 먹어야 체력이 부친다는 걸 몸으로 느낀다. 1, 2년 전만 해도 펜스를 충분히 넘어갔을 타구가 이제는 힘이 달려 펜스 앞에서 외야수에게 잡히게 됐다고 해보자. 슬픈 일이겠지만 예전 같지 않다고 자책할 필요는 없다. 웨이트 트레이닝을 통해 힘을 보완하면 된다. 힘이 붙으면 타구의 질이 높아지고 속도가 빨라져 안타수가 늘게 되어 있다. 내가 아무리 피곤해도 웨이트 트레이닝을 거르지 않은 이유는 이 때문이다.

트레이너실에서 부상 치료나 마사지를 받는 것도 야구장을 일찍 찾은 이유의 하나였다. 프로 스포츠에서 가장 큰 적은 부상이다. 아무리 좋은 실력을 갖춰도 부상으로 경기에 나가지 못한다면 아무 소용이 없다. 나는 트레이닝 파트의 헌신적인 도움 덕분에 부상을 최소화하고 그라운드에서 최상의 기량을 발휘할 수 있었다.

트레이너실도 이른바 러시아워가 있다. 나는 야구장에 일찍 간 덕분에 선수들이 몰려드는 시간을 피해 좀 더 여유롭게 치료를 받을 수 있었다. 언젠가 '트레이너는 15승 투수 또는 30홈런 타자 못지않은 중요한 역할을 한다'는 기사를 보며 고개를 끄덕인 적이 있다. 맞는 말이다. 트레이닝 파트의 역할은 아주 중요하다. 트레이닝 파트와 가깝게 지내라고 후배들에게 이야기하고 싶다. 배울 게 많고 가장 든든한 우군이라는 사실을 명심했으면 좋겠다. 구단에서도 트레이닝 파트의 중요성을 인식하고 더 큰 지원을 해주길 바란다.

웨이트 트레이닝과 치료를 마치면 그라운드로 향한다. 이제부터가 전쟁을 위한 본격적인 준비 과정이다. 먼저 외야 트랙을 따라 30분 정도 가볍게 뛴다. 삼성 복귀 이후 줄곧 지명타자로 뛰면서 컨디션 유지를 위해 러닝에 더 신경을 썼다. 땀을 쏟아내는 러닝은 잡념을 떨쳐내는 데에도 좋다. 다음은 타격 훈련이다. 상대 선발투수를 머릿속에 그리면서 공 한 개 한 개에 집중한다. 타구 수가 많은 편은 아니었지만 단 한 개를 쳐도 집중하려고 했다. 그것이 무의미하게 100개를 치는 것보다 훨씬 더 효과적이다.

마지막은 이미지 트레이닝이다. 구단에서 정리한 전력분석 자료를 보면서 다시 한 번 경기 그림을 그린다. 경기 전 훈련 스케줄을

소화하고 나면 샤워 후에 잠깐 눈을 붙인다. 한 시간 정도 자고 나면 온몸이 가뿐해진다. 이것이 경기를 준비하는 나만의 루틴이다.

한 가지 더 있다면 '인사'다. 실은 이것이 경기를 위한 마지막 준비다. 일본에서 한국으로 돌아온 나는 매사에 감사가 가득했다. 내게 일어난 가장 큰 변화라고 해도 좋다. 변화의 이유는 단순명료하다. 운도 좋았고 내가 열심히 한 덕도 있겠지만, 정말 주변 사람들의 도움으로 오랫동안 야구를 할 수 있었음을 깨달았기 때문이다. 감사를 실천하기 위해 나는 상대 팀에 1년 선배만 있어도 먼저 가서 인사를 했다. 일본에 8년이나 머물다 돌아왔으니 반가움은 말로 표현할 수 없을 만큼 컸다. 그저 야구장에서 함께 뛴다는 사실만으로도 가슴 벅찼다.

나는 행동에도 각별히 신경을 썼다. 나를 믿고 다시 영입해준 류중일 감독님의 믿음에 조금이라도 반하는 행동을 할까봐 조심 또 조심했다. 신인의 마음으로 돌아가 출근도 제일 먼저 하고 더 열심히 준비했다. 나보다 어린 코치들에게도 공개적인 자리에선 반드시 존대를 하고 예의를 차렸다. 내가 후배들의 거울이 될 것이라는 생각에, 행여라도 잘못된 모습을 보이지 않으려고 신중하게 행동했다. 내가 예전부터 바라던 선배의 모습을 갖추려고 노력했다. 노력 또 노력을 반복하다 보니 어느새 몸에 배어 진짜 내 모습으로 바뀌었다.

누구든지 자신이 원하는 모습이 있다면 그렇게 되기 위해 노력하자. 적당한(?) 노력으로는 부족하다. 간절한 바람을 품고 몸과 마음에 새겨질 때까지 반복하다 보면 언젠가는 그 모습이 되어 있을 것이다. 내가 그것을 경험했기에 자신 있게 말할 수 있다.

나를 믿지 못했던 순간

"천당과 지옥을 오간다"는 표현이 있다. 나도 큰 경기에서는 자주 천당과 지옥을 오갔다. 2000년 시드니 올림픽, 2002년 한국시리즈, 2008년 베이징 올림픽이 대표적이다. 정말 모든 경기마다 피가 마르는 심정이었으나 다행히 해피엔딩으로 막을 내렸다. 역적에서 영웅이 되는 건 순간이었다. 이것을 나의 운이라고 해야 할까.

2000년 시드니 올림픽 일본과의 3·4위전을 떠올리면 아직도 소름이 돋는다. 앞선 세 타석 모두 삼진으로 물러난 터라 부담감이 큰 상태였다. 0 대 0으로 맞선 8회 2사 2, 3루 상황에서 마쓰자카 다이스케(현 주니치 드래곤스)와 풀 카운트 접전 끝에 좌중간을 가르는 2타점 2루타를 터뜨렸다. 3 대 1 승리였다. 아마 그때부터 '8회의 사나이'라는 별명을 얻게 된 게 아닐까 싶다.

2002년 LG와의 한국시리즈도 비슷했다. 5차전까지 20타수 2안타의 극심한 부진에 허덕였는데, 6차전에서 6 대 9로 뒤진 9회 말 1사 1, 2루 상황에서 LG 이상훈 선배님의 슬라이더를 잡아당겨 오른쪽 펜스를 넘겼다. 동점 3점 홈런이었다. 곧이어 터진 마해영 선배님의 끝내기 홈런으로 프로 데뷔 후 첫 우승의 기쁨을 누렸다. 그토록 바라던 첫 우승을 이룬 순간 정말 펑펑 울었다. 남자는 태어나서 세 번 운다고 하는데, 이날만큼은 눈물을 흘리지 않을 수 없었다.

베이징 올림픽은 한 편의 드라마 같았다. 방망이가 너무 안 맞아서 김현수(당시 두산베어스) 선수에게 "어떻게 하면 잘 칠 수 있나?"고 물어보기도 했다. 그 정도로 답답했다. 예선 일곱 경기 타율 1할3푼6리(22타수 3안타). 말할 수 없이 부진했다. 득점 찬스마다 무기력하게 물러났다. 쥐구멍이라도 찾아 들어가고 싶은 심정이었다. 당시 국가대표 선수들 중에서도 고참급이었고 연봉도 제일 높아서 더 창피했다. 후배들 얼굴 볼 낯이 없었다. 스스로 야구선수가 맞나 싶을 만큼 답답했다. 외국에서 활동한다는 선수가 하는 게 아무것도 없으니……. 대표팀 김경문 감독님이 "정말 중요할 때 딱 한 번만 해주면 된다"는 말씀으로 위로해주셨지만 마음이 편할 리가 없었다.

일본과의 준결승전은 더 심했다. 경기를 하면서 속으로 다른 선수와 교체해주면 좋겠다는 생각마저 했다. 내가 잘 칠 거라고 기대하는 사람도 없었다. 나보다는 다른 선수가 나가는 게 팀의 사기를 위해서도 더 도움이 될 것으로 보였다. 더구나 상대는 일본 대표팀의 좌완 특급 이와세 히토키 선수였다. 일본에서도 여러 번 상대해본 투수였는데, 번번이 결과가 좋지 않았다. 왼손타자는 왼손투수에 약하다는 통설에 딱 들어맞는 경우였다.

나는 첫 타석에서 삼진을 당했다. 이어서 병살타, 그 다음에 또 삼진이었다. 자신감이 바닥으로 떨어졌다. 나는 지금도 종교가 뭐냐고 물으면 "나를 믿는다"고 대답하지만, 그때는 나를 믿을 수가 없었다. 한국 관중석에서 이승엽 빼라는 소리가 들렸다. 감독님을 계속 쳐다봤다. '제발 바꿔달라'는 신호를 보냈지만 감독님은 실수로라도 내 쪽으로 고개를 돌리지 않았다.

다시 타석에 들어섰다. 초구 파울, 2구 스트라이크. 타자는 투스트라이크가 되면 90퍼센트 이상은 진다. 심판의 스트라이크 콜을 듣는 순간 정말 끝났다고 생각했다. 왜 하필 올림픽에서 이런 일을 겪는 걸까. 이런 생각을 하다가, 아웃되더라도 혼자 아웃되자고 마음먹었다. 스스로 납득이 가도록 자신 있게 스윙이라도 해보자고 생각했다.

'제발 한 번만!'

간절히 기도하는 순간, 공이 날아왔다. 공을 쳤다. 느낌이 달랐다. 스윙이 제대로 된 것이었다. 그전까지 했던 스윙들과는 확실히 달랐다. 갑자기 자신감이 살아나면서, 그렇게 꿈꾸던 기회를 잡았다는 생각이 들었다. 타구가 담장을 넘어가는 걸 확인한 뒤 나도 모르게 두 팔을 번쩍 들었다. 8회 1사 1루 2 대 2 상황에서 일본의 명투수 이와세 히토키를 상대로 오른쪽 펜스를 넘기는 2점 홈런을 때려낸 것이다. 그동안 어깨를 짓눌렀던 부담감과 아쉬움이 말끔히 떨어져나가는 순간이었다.

말로 표현할 수 없을 정도로 짜릿했다. 이대호는 "오늘 따라 형이 더 잘생겨 보인다"고 농담을 던지기도 했다. 경기가 끝나고 공식 인터뷰 때 울컥했다. 사실 너무 힘들었다. 평소에는 마냥 좋기만 하던

그라운드가 그렇게 부담스러웠던 적은 처음이었다. 후배들, 가족들, 국민들. 경기를 지켜봤던 모든 분들께 미안해서 울었다. 특히 후배들한테는 미안한 마음이 너무나 컸다.

공식 인터뷰가 끝난 뒤 숙소로 향하는 버스 안에서 감독님한테 말했다.

"정말 저를 바꿔주시길 바랐습니다."

감독님의 대답은 뜻밖이었다.

"다른 선수로 바꾸는 순간 상대한테 지는 거다. 바꿀 생각 전혀 없었고, 바꿔서도 안 되고, 언젠가는 해낼 줄 알았다."

자신감을 되찾은 나는 쿠바와의 결승전에서도 선제 투런포를 쏘아올리며 우승에 한몫을 했다. 내 야구 인생 최고의 순간이었다. 올림픽을 앞두고 "9전 9승을 달성하겠다"고 했었는데, 그 약속을 지켰다. 내가 생각해도 기적이어서 정말 신이 났다. '우리가 이걸 다 해냈구나. 드디어 끝났구나.' 그런 생각에 마냥 좋았다.

우승의 기쁨을 안고 숙소에 들어가자마자 후배들과 라면을 끓여먹었다. 해외에 나와 숙소 생활을 하니 라면이 정말 먹고 싶었다. 후배들도 신이 나 있었다. 흥분해서 환호성을 질러댔다. 눈만 마주쳐도 웃음이 나왔고, 목소리는 저절로 커졌다. 그런데 누가 문을 두드리며 조용히 좀 해달라고 부탁했다. 알고 보니 바로 위층에 다음 날 마라톤 경기에 나가는 이봉주 선수가 묵고 있었다. 조용히 하는 게 당연했다. 우리는 죄송하다고 사과한 뒤 급히 목소리를 줄여 소곤소곤 속삭이며 아이들처럼 즐겁게 밤을 지새웠다.

나. 36. 이승엽

베이징 올림픽은 내 인생의 터닝 포인트였다. 부진이 계속되면서 '교체되지 않을까' '교체해줬으면' 하는 나약한 마음을 품었었다. 나는 나를 믿지 못했지만 감독님의 생각은 달랐다. 김경문 감독님에게는 그것이 '신의 한 수'였다. 극도로 부진한 상황에서도 계속 믿음을, 기회를 주셨다.

결국 나는 마지막 순간에 한국 야구와 감독님께 빚을 갚게 됐다. 너무나 긴 침체기를 보내다가 준결승전 홈런 한 방으로 '국민타자'라는 분에 넘치는 애칭을 유지할 수도 있었다. 지금의 국민타자를 만든 것은, 내가 나를 믿지 못했던 순간까지 나를 믿어주신 김경문 감독님이다.

홈런을 치고도 고개를 숙인다

많은 사람들이 나를 '겸손한 사람'이라고 한다. 자의든 타의든, 나를 앞에 내세우는 일이 어색한 것은 사실이다. 그동안 내가 한 것보다 더 많은 것이 이야기되는 현실이 조금은 부담되기도 했다. 여하튼 늘 겸손하라는 아버지의 가르침을 따르려 노력했던 것은 사실이다. 아버지는 내가 야구를 시작할 때부터 "야구 못하는 선배들에게 더 잘하라"고 가르쳤다. 그 가르침대로 행동하려고 애를 쓴 것 같기는 하다.

한번은 홈런을 친 뒤 보인 내 행동이 화제가 된 적이 있다. 기록적인 홈런을 친 것이 아니라면 내가 홈런을 쳤다는 것은 새삼스러운 소식은 아니다. 그런데 이날은 조금 특별했다. 홈런을 치고 고개를 숙인 채 그라운드를 도는 모습이 팬들의 눈에 띄었던 것이다. 보통 홈런을 친 선수는 크게 환호하며 기쁨을 표시한다. 그러나 나는 마치 잘못을 한 사람처럼 종종 고개를 푹 숙인 채 그라운드를 돌았다. 그 이유를 궁금해하는 사람들이 많았다. 솔직히 나도 이유를 잘 모르겠다. 무의식중에 고개를 숙이게 된 것 같다. 그날은 점수 차가 크게 벌어져 있는

'

상황이었다. 상대 팀 투수는 너무 젊었고, 내가 친 홈런은 너무 컸다.

　사실 나도 어렸을 땐 홈런 세리머니도 하고 감정 표현을 솔직하게 했다. 그것이 팀 분위기도 살리고 내 컨디션도 올리는 길이라고 생각해서 그라운드를 방방 뛰어다녔다. 좋은 건 좋다고 모든 사람이 알아주길 바랐다. 하지만 언제나 내가 최고일 수 없다는 걸 알게 된 뒤로는 세리머니를 자제하게 됐다. 우즈의 등장이 내게 큰 변화의 시작이었다. 상대방이 인정해주는 홈런은 내가 나서지 않아도 박수 받게 돼있다. 상대방이 나를 인정해줘야 진짜다. 나 혼자 잘한다고 우쭐해 있

으면 다른 사람들에게 인정받지 못한다. 좋은 야구를 하면 가만히 있어도 상대가 인정해주게 돼 있다는 교훈을 나는 우즈를 통해 얻었다.

상대의 인정을 위해 갖춰야 할 것이 포커페이스다. 야구선수는 감정을 숨길 줄 알아야 한다. 못 쳤을 때도 아무렇지 않은 듯 행동해야 한다. 반대로 잘했을 때도 한결같은 모습을 보여야 상대가 나를 더욱 높게 평가한다. 안타 하나 쳤다고 좋아만 하고 있을 게 아니라 다음을 준비해야 한다. 첫 타석에서 하나 때려냈다고 해도 중요한 순간에 병살타를 치면 팀에 해를 끼친다. 잘했다고 우쭐할 것도 없고 못했다고 기죽을 필요도 없다. 지금 안타 하나 쳤으면 다음에 또 치기 위해 노력해야 하고, 오늘 못 쳤으면 내일은 꼭 치기 위해 노력해야 한다. 그런 사람이 야구선수다.

반면에, 홈런 치고 크게 세리머니를 하며 팀 분위기를 띄워야 할 때도 있다. 특히 포스트시즌처럼 중요한 승부에선 팀의 분위기와 선수들의 사기가 승패를 가를 때가 많다. 나도 2002년 한국시리즈에서 홈런을 쳤을 땐 양팔을 벌리고 펄쩍펄쩍 뛰며 좋아했다. 지금 그때 영상을 보면 부끄러운 것이 사실이다. 제정신이 아니었던 것 같다. 하지만 그 홈런이 아니었다면 LG에 승리의 흐름을 내줄 수 있었고 삼성의 우승도 장담할 수 없었다. 그날의 홈런 세리머니는 승기를 가져오는 데 효과가 있었다.

세리머니는 필요하다. 다만 순간의 기분에 휩쓸리지 말고 경기의 전체 흐름을 보며 의미있는 세리머니를 해야 한다. 소속 팀을, 또 상대 팀을 생각하며 손짓, 발걸음, 표정 하나하나 다 신경 써야 한다. 경기의 처음부터 끝까지 예의를 지키는 것이 바른 행동이다.

배트 플립도 조심해야 한다. 배트 플립이란 타자가 홈런을 직감했을 때 멋들어지게 방망이를 내던지는 것을 말한다. 솔직히 말하면 난 배트 플립을 그리 좋게 보지 않는다. 상대를 자극하거나 건방져 보여서만은 아니다. 상대가 정말 잘 던진 공을 제대로 받아쳐 홈런을 날렸을 때는 온몸으로 느껴지는 무언가가 있다. 그라운드를 돌며 느껴지는 성취감도 있다. 굳이 배트 플립을 하며 자신을 돋보이게 하지 않아도 충분히 가치를 인정받을 수 있다. 의도한 바도 아니었고, 관심 받으려고 한 행동도 아니었지만 홈런을 치고 고개를 숙인 채 그라운드를 돈 내게 더 많은 스포트라이트가 비춰졌다는 것을 모든 선수들이 잊지 않았으면 좋겠다. 홈런 친 순간 상대 투수에 대한 마음도 헤아리고 예의를 지킨다면 좀 더 아름다운 야구가 되지 않을까?

아빠는 교과서에 나오는 사람

어느 날 나는 중학교 교과서 등재 제의를 받았다. '과연 내가 그 럴 자격이 되는가' 하는 생각이 제일 먼저 들었다. 세종대왕, 이순신 장군, 안중근 의사 등 교과서에 등장하는 인물들은 한 시대의 위인들 이 주류를 이룬다. 이들의 위대한 업적은 꿈나무들에게 삶의 길잡이 가 되기도 한다.

출판사 요청을 정중히 거절할까 생각했다. 누군가에게 본보기 가 된다는 건 부담스러운 일이므로. 하지만 고민 끝에 제의를 받아들 이기로 했다. 단 한 사람에게라도 내가 꿈과 희망을 줄 수 있다면 가 치가 있는 일이라는 판단이 섰기 때문이다.

중학생을 대상으로 하는 '진로와 직업' 교과서였다. 프로야구 선 수의 삶과 직업인으로서의 모습 등을 담았는데, 내가 지금껏 살아왔 던 발자취를 문답 형식의 인터뷰를 통해 소개했다. 프로야구 선수는 일반적인 직업과는 다소 차이가 있지만 추구하는 가치, 일을 향한 노 력 등은 크게 다르지 않다고 본다.

이순신 장군이나 안중근 의사 같은 위인들에 비할 바는 아니지만 프로야구 선수 출신으로서 교과서에 등재됐다는 건 분명 의미 있는 일이다. 학교 교과서에 내가 나온다는 건 그야말로 가문의 영광이기도 하다. 완성된 교과서를 처음 받았을 때 두 아들에게 보여주면서 "아빠는 교과서에 나오는 사람"이라고 했더니 얼마나 좋아하던지! 정말 뿌듯했다.

물론 기쁨만이 전부는 아니었다. 어린 학생들에게 모범이 돼야 한다는 책임감이 더욱 커졌다. 사소한 행동 하나하나도 신중하게 해야겠다고 다시 한 번 다짐하는 계기가 됐다.

여담이지만, 2008년 베이징 올림픽 최종 예선전 때 대표팀 관계자로부터 대만봉구협회 측에서 나의 타격 자세를 야구 교재에 담고 싶어 한다는 이야기를 들은 적이 있다. 대만 출신 강타자들이 즐비한데 나의 타격 자세를 교재에 담겠다는 건 야구 꿈나무들의 표본이 되어주길 바란다는 의미 아닌가.

2006년 요미우리 자이언츠 이적 첫해로 기억하는데, 소프트뱅크 호크스(일본 퍼시픽리그 프로야구팀) 선수단 게시판에 나의 타격 자세 사진이 붙은 일이 있었다. 당시 소프트뱅크 호크스 지휘봉을 잡았던 오 사다하루 감독의 지시 사항이라고 했다. 현역 시절 최고의 거포로 군림했던 오 사다하루 감독이 나의 타격 자세를 높이 평가했단다. 구단 관계자로부터 그 이야기를 들었을 때, 내가 야구를 잘한다는 생각보다 잘 배웠다는 생각이 들었다. 야구는 자세가 예뻐야 하는데, 어릴 때부터 좋은 스승들로부터 기본기를 잘 배운 덕분이다.

어린 학생들이 내가 실린 교과서를 보고 진로를 결정하는 데에
나 야구를 제대로 아는 데 조금이라도 도움이 된다면 더 바랄 바가
없겠다.

나보다 훨씬 잘 나갈 후배들

나는 후배들에게 먼저 조언하는 편은 아니다. 아무리 선배라도 같은 선수 입장에서 이래라 저래라 말하는 것은 어려운 일이었다. 이 제 현역 유니폼을 벗게 된 만큼 선배로서 편안하게 이야기해주고 싶 은 게 몇 가지 있다.

내가 팀에서 가장 가까이 지켜본 후배는 구자욱이다. 자욱이에 게 들려준 몇 가지 이야기가 있다. 자욱이는 자신의 능력을 100퍼센 트 발휘하지 못하는 편이다. 아직 자신을 믿지 못하는 마음이 있기 때 문이다. 그러다 보니 감정 표현도 서툰 편이다. 아직 경험이 부족해 서 그럴 것이다.

야구는 눈치 싸움이기도 하다. 상대가 나를 쉽게 보지 못하게 해 야 한다. 타자는 투수가 마운드로 걸어나올 때부터 머리부터 발끝까 지 스캔한다. 컨디션이 좋아 보인다, 오늘 기분이 별로인 것 같다, 이 렇게 동작 하나 놓치지 않고 분석을 하는 것이다. 투수도 마찬가지로 타자를 분석한다. 배트 돌리는 속도, 발을 놓는 위치 등 머릿속으로 정밀하게 분석하고 투구 전략을 짠다. 그러므로 야구선수는 아무리 어려운 순간이라고 해도 짐짓 대범한 척, 아무렇지도 않게 편한 척해야 한다. 포수인 자욱이에게도 당연히 이 점을 강조했다.

"공이 바운드되어 온다고 글러브를 돌리지 마. 자연스럽게 앞으로 팔을 뻗으면 공이 알아서 글러브로 들어와."

"어렵겠지만, 아무렇지 않게 쉽게 잡는 척이라도 해봐. 그러면 우리 팀 투수와 야수들에게 안정감을 주고, 상대가 너를 쉽게 안 볼 거야."

신인급 선수들을 보면 쉽게 흥분하는 경우가 많다. 당장 결과가 나오지 않는다고 좌절하기도 한다. 주어진 기회가 적다 보니 반드시 살려야 한다는 중압감에 제 기량을 발휘하지 못하기도 한다. 이런 모습들은 '젊음이라는 최고의 무기가 있는데 왜 그럴까?' 하는 아쉬움을 자아낸다. 모처럼 출장 기회를 얻었는데 삼진을 당했다고, 투수라면 안타를 맞았다고 자책할 이유가 없다.

젊은 선수들에게는 결과보다 과정이 중요하다. 당장 좋은 결과를 내지 못하더라도 노력하는 자세만으로도 박수를 받기에 충분하다. 코칭스태프들도 눈앞의 결과로만 어린 선수를 판단하지 않는다.

어린 시절 자전거를 배울 때를 되새겨보자. 조그만 보조 바퀴가 달린 네발자전거에서 두발자전거로 옮겨 타야 할 때에는 시행착오와 고통을 감수해야 한다. 어릴 때는 뒤에서 자전거 안장을 잡아줘도 넘어지기 일쑤다. 무릎이 까지고 멍이 들기도 한다. 그래도 낑낑거리면서 일어나 다시 안장에 앉아 나름대로 감을 잡으려고 안간힘을 쓰면,

어느새 능숙하게 두발자전거를 타고 있는 자신을 발견하게 된다. 만약 고통스런 시행착오가 없었다면 성공할 수 있었을까.

운동신경은 타고나는 것이고, 야구도 선천적인 재능이 중요하다고 말한다. 틀린 말은 아니다. 밤새도록 술을 마시고도 다음 날 경기에서 아무렇지 않다는 듯 좋은 성적을 거두는 선수들도 더러 있으니까. 그들을 보면서 "세상은 불공평하다"고 말하는 이들도 있다. 과연 그럴까. 아무리 타고난 재능이 중요하다지만 재능만으로 성공할 수는 없다. 타고난 재능 덕에 잠깐은 좋은 성적을 거둘 수 있겠지만 결코 오래가지 못한다. 언젠가 한 후배가 내게 "정말 열심히 노력하는데 결과가 나오지 않아 무척 속상하다"고 털어놓은 적이 있다.

지금 당장 만족할 만한 성과를 얻지 못한다고 좌절할 필요는 없다. 노력하면 언젠가는 결과가 달라진다. 스스로 부족하다는 걸 인식하고 더 노력하면 반드시 성공하게 돼 있다. 특급 선수들의 화려한 모습만 보면 안 된다. 그들이 그 자리에 오르기까지 얼마나 피나는 노력을 했는지 생각해봐야 한다.

예전과는 달리 프로와 아마추어의 수준 차가 커지면서 데뷔하자마자 성공의 꽃을 피우는 경우는 줄어들었다. 데뷔 첫해에 신인왕에 등극하는 경우도 거의 없다. 프로 무대에서 경험을 쌓으며 대기만성형 스타가 되는 게 더욱 감동적이지 않을까. 그러니 좌절이나 포기라는 말은 잊어버리는 게 좋다.

순간의 유혹에 지면 모든 것을 잃을 수도 있다. 삼성 복귀 이후 공교롭게도 프로야구계에 각종 사건·사고가 연속으로 터졌다. 음주

운전, 승부 조작, 인터넷 도박 등 범법 행위를 저질러 그라운드를 떠난 선수들도 있었다. 불미스러운 일에 연루돼 그라운드를 떠난 게 아쉬울 뿐이다.

나 역시 그 책임에서 자유로울 수 없다. 프로야구 선수로서 좀 더 모범을 보이지 못한 것, 선배로서 후배들에게 더 관심을 갖지 못한 것이 내 잘못이다.

프로 선수가 되면 숱한 유혹을 받는다. 학창 시절 제한적인 생활을 하다가 프로 유니폼을 입으면 이게 꿈인지 생시인지 헷갈리기도 한다. 지금껏 경험하지 못한 관심과 혜택에 자신도 모르게 마음이 붕 뜨기도 한다. 예쁜 여자친구와 데이트도 하고 싶어지고 좋은 자동차에도 눈이 가기 마련이다. 친구들과 실컷 놀고 싶은 마음도 자주 든다.

그러나 하고 싶다고 다 해선 안 된다. 절제가 필요하다. 절제의 중요성을 반드시 기억하자. 순간의 유혹을 이겨낸다면 성공이라는 목표에 한 걸음 더 다가갈 수 있다.

물론 친구들과 만나서 맥주 한 잔 할 수도 있다. 편한 사람들과 이야기를 나누며 모처럼 회포를 풀다 보면 그동안 쌓였던 스트레스가 확 풀려 경기에 긍정적인 영향을 미칠 수도 있다. 하지만 한 잔 더 권했을 때 거절할 줄 알아야 하고, 한 잔 더 생각나도 참을 줄 알아야 한다. 최대한 적게 마시고 일찍 들어가는 게 상책이다. 주는 대로 마시고 기분대로 마시다 보면 컨디션이 나빠지는 건 물론 뜻하지 않은 사고가 발생하기도 한다.

그러면 스트레스는 어떻게 풀 것인가? 야구선수들의 생활은 동

계훈련, 해외 전지훈련, 정규 시즌, 마무리 훈련으로 이어지는 장기간 외박의 연속이다. 시즌 중 절반은 원정, 나머지 절반은 홈경기다. 결국 가장 가까이에 있는 사람들과 좋은 이야기를 나누면서 풀어내는 것이 가장 현명한 방법이다. 나를 가장 잘 아는 감독, 코치, 선배, 동기, 후배들 속에서 서로 어려움을 이야기하고 마음을 나누면 걱정했던 일도 자연스레 해답을 찾게 된다. 당연히 실수하는 일도 줄어든다.

프로야구 선수는 판검사보다 수가 훨씬 적다고 한다. 이에 대한 자부심과 명예를 잊어서는 안 된다. 품격도 갖춰야 한다. 개인이기 이전에 구단의 일원이라는 걸 명심하고 그라운드 안팎에서 행동 하나하나에 마음을 써야 한다. 많은 사람들이 지켜보고 있다는 사실을 잊으면 안 된다.

이제는 FA 100억 시대가 열렸다. 돈에 최고의 가치를 두자는 것은 아니지만, 끊임없이 노력하고 유혹을 이겨낸다면 꽃길을 걸을 수 있다. 모든 게 자신이 얼마나 하느냐에 달려 있다. 땀의 진실을 안다면 누구나 이승엽이 될 수 있고, 이승엽을 뛰어넘을 수 있다.

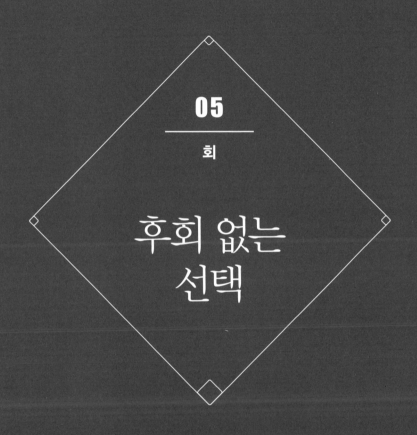

05
회

후회 없는
선택

SEUNG YUOP LEE

대학이냐, 프로냐?

경북고 1학년 때부터 주전으로 뛰었던 나는 일찌감치 대학교 감독님들의 프러포즈를 받았다. 경북고 대선배이기도 한 당시 강문길 단국대 감독님은 "승엽아, 너 무조건 나랑 해야 한다"고 늘 말씀하셨다. 새끼손가락 걸고 약속하자고까지 하셨다.

1993년 경북고 2학년 때 청룡기 우승 트로피를 품에 안았다. 대학 진학이 한층 유리해졌다. 하지만 졸업을 앞둔 시점에서 나는 대학 진학과 삼성 라이온즈 프로구단 입단이라는 선택의 기로에 놓였다. 두 갈림길에서 어느 한 가지도 선뜻 선택하기가 쉽지 않았다. 부모님은 대학 진학을 원하셨다. 팔꿈치 상태가 좋지 않았던 터라 이대로 프로 무대에 진출했다간 몇 년 안에 방출 통보를 받을 수도 있다고 판단하신 듯했다.

게다가 당시에는 고등학교 졸업 후 프로에 직행하는 경우보다 대학교를 거쳐 프로 유니폼을 입는 경우가 훨씬 더 많았다. 대학교 졸업장 또한 무시할 수 없었다. 부모님은 선수 생활을 그만두게 되더라도 교직 이수를 통해 체육교사가 되면 안정된 생활이 보장된다고 생각하셨던 모양이다.

부모님 말씀에도 일리가 있었지만 난 대학 진학보다 프로 입단 쪽으로 마음이 기울었다. 바로 프로 선수로 뛰고 싶었고 자신감도 있었다. 하지만 부모님이 나를 생각하는 마음을 충분히 알기에 거역하는 게 쉽지 않았다.

결국 내 뜻을 접고 입학 전에 한양대 야구부에 들어갔다. 그런데 정말 고역이었다. 꿈에 그리던 대학 생활과는 거리가 멀었다. 하루에도 몇 번씩 이건 아니라는 생각이 들었다. 새벽부터 뺑뺑이를 돌고, 선배들의 사적인 뒤치다꺼리를 하다 일과를 마쳤다. 훈련이 끝나면 마시기 싫은 술을 마셔야 했다. 야구를 하러 온 건지 술을 마시러 온 건지 혼동되기까지 했다. 이런 식이라면 4년은커녕 석 달도 버틸 수 없겠다는 생각에, 결국 벗어나기로 마음먹었다.

성준 선배님(현 삼성 라이온즈 퓨처스 감독)의 조언도 한몫했다. 선배님은 당시 스카우트 업무를 담당했던 최무영 선배님(현 삼성 라이온즈 스카우트팀장)과 함께 우리 집에 왔었다. 무조건 나를 영입하겠다는 최무영 선배님과 달리 성준 선배님이 냉철한 시각으로 이야기하셨다.

"현재 네 팔꿈치 상태가 좋지 않고 나와 김태한(현 삼성 라이온즈 수석 코치)이 건재한 상황에서 네게 투수로서 많은 기회가 주어지지 않을 것 같다. 타자를 하려면 프로에 바로 오고, 투수를 원한다면 대학에 진학하는 게 낫다."

그런 상황에서 프로에 입단할 수 있는 방법은 단 하나뿐이었

다. 당시 수능 커트라인 40점을 넘지 못하면 대학 진학이 불가능했기에 나는 시험을 망치기로 결심했다. 한양대 측은 내가 딴생각을 할까 봐 경북고 1년 선배인 수관이 형에게 밀착 마크 특명을 내렸다. 어느 날 수관이 형이랑 시내 당구장을 갔는데, 형이 잠시 화장실을 간 사이 무전기를 든 남자가 당구장으로 들어와 "이승엽 선수가 누구냐?" 하며 나를 찾았다.

알고 보니 홍준학 현 삼성 단장님이었다. 단장님은 이야기 좀 하자면서 나를 인근 호텔로 데려갔다. 기분이 묘했다. 난생처음 느끼는, 설명이 어려운 감정이었다. 호텔에는 구단 고위 관계자들이 여러 분 와 있었다. 한 관계자가 내게 입단 계약서를 내밀었고, 나는 주저 없이 지장을 찍었다. 힘겨운 굴레에서 벗어날 수 있는 유일한 기회라고 여겼기 때문이다.

내가 잠깐 사라진 사이 한양대와 경북고에서는 난리가 났다. 도대체 어떻게 된 일이냐는 경북고 서석진 감독님의 물음에 나는 거짓말을 하고 말았다. "삼성 라이온즈 직원들을 만났는데, 4년 뒤에 프로에 가겠다고 했습니다." 이 거짓말을 부모님에게도 그대로 써먹었다. 부모님께 거짓말을 해본 적이 없는 나였지만, 프로 직행에 대한 의지가 강해서 바른대로 말할 수가 없었다.

수능 보는 날 시험장에 들어가니 머리가 복잡해졌다. 1교시 언어 영역. 알든 모르든 문제를 풀어나갔다. 1교시 종료 후 쉬는 시간에, 한양대 가입학 후 힘들었던 기억들이 머릿속을 스쳐지나갔다. 2교시부터는 문제도 읽지 않고 답안지를 쓱쓱 채워나갔다. 1번 10개,

5번 10개, 하는 식으로. 죽이 되든 밥이 되든 하늘의 뜻에 맡긴다는 마음이었다. 결국 나는 수능에서 37.5점을 받아 대학에 갈 수 없게 됐다. 이제 와서 하는 말이지만, 속으로는 쾌재를 불렀다.

한양대 측은 예상치 못한 상황에 내게 1년간 실업팀에서 뛰면서 재수를 한 뒤 다시 입학하라는 파격적인 카드를 꺼냈다. 내 가치를 높이 평가해주신 건 감사드릴 일이지만 삼성행을 택할 수밖에 없었다. 뒤늦게 알게 된 사실이지만 수관이 형도 나 때문에 입장이 많이 곤란했다고 들었다. 아마 혼도 많이 났을 거다. 나 때문에 참 많은 분들이 힘들었다. 죄송하고, 언젠가 이 은혜는 꼭 갚겠다.

수능 낙제를 한 이후 서울의 모 호텔에서 나와 아버지 그리고 이종락 한양대 야구부장님 셋이서 만났다. 이종락 부장님은 아쉬운 마음을 뒤로한 채 내가 프로 무대에서 좋은 모습을 보여주길 바란다고 덕담을 건넸다. 쉽지 않은 결정이었을 텐데, 진심이 느껴졌다. 마치 결혼을 앞둔 전 애인의 행복을 기원하는 마음과 비슷하지 않으셨을까 미루어 짐작할 뿐이다.

그토록 바라던 프로 유니폼을 입게 됐지만 마음이 편치만은 않았다. 고의로 수능을 망친 뒤 아버지께서 많이 속상해하셨다. 불효를 저지른 것 같았다.

삼성 입단 계약서를 작성했던 날. 남들에게는 잔칫날일 수 있었겠지만 우리 두 남자는 눈물을 쏟아냈다. 나는 아버지께 "절대 실망시켜 드리지 않겠다"고 약속했고, 아버지는 "내 아들 믿는다"는 한마디와 함께 나의 뜻을 받아주셨다.

아버지와의 약속은 은퇴하는 순간까지 마음 한 구석에 간직했다. 그 약속은 지금까지 나를 지탱해준 가장 튼튼한 버팀목이었는지도 모른다.

타자로 다시 태어나다

산 넘어 산이었다. 자의로 삼성에 입단했지만 두려움이 앞섰다. 팔꿈치 상태가 좋지 않았던 탓에 대신 타자 전향 제의를 받고 보니 걱정이 태산이었다.

'과연 내가 타자로 성공할 수 있을까?'

타격에 소질이 있다는 평가를 받기는 했지만 그건 알루미늄 배트를 썼던 아마추어 시절 이야기였다. 나무 배트에 적응해야 하는 데다 발도 느린 나에게 타자로 전향하는 일은 만만치가 않았다.

아마추어와 프로의 수준 차는 하늘과 땅 차이, 아니 그 이상이었다. 이만수(전 SK 와이번스 감독), 김성래(한화 이글스 퓨처스 타격 코치), 이종두(대구 상원고등학교 야구부 감독), 류중일(LG 트윈스 감독), 강기웅(삼성 라이온즈 퓨처스 타격 코치), 이정훈(한화 이글스 스카우트팀장) 등 TV에서 보던 선배님들 타격 훈련 모습을 볼 때마다 '우와' 하고 탄성만 터져나왔다. 한 가지 더 터져나온 게 있다면, '내가 과연 이 선배님들을 제치고 타자로 성공할 수 있을까' 하는 한숨이다. 고민의 연속이었다. 탈이 난 팔

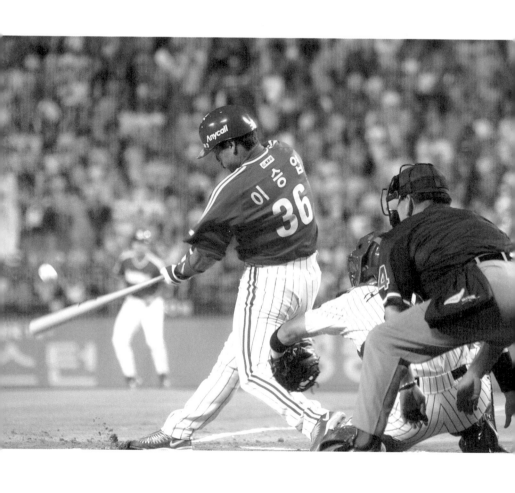

꿈치가 원망스럽기도 했다.

그때 박승호 타격 코치님의 도움이 무척 컸다. 갓난아기를 어린 이로 키워주셨다고 표현할 수 있을까. 코치님은 나의 체격 조건이 썩 훌륭한 건 아니지만 방망이를 휘두르는 솜씨와 타고난 손목 힘을 볼 때 충분한 가능성이 있다고 판단하셨다. 책임감이 아주 강했던 코치님은 일부러 나를 엄하게 대하셨다. 내게 자극이 필요하다 싶으면 방망이에 손도 못 대게 하고 하루 종일 러닝만 시켰다. 항상 초구를 친다는 생각으로 타석에 서라고 주문하셨는데, 듣지 않으면 또 러닝이었다. 쉴 새 없이 뛰고 나면 입에서 단내가 절로 났다. 방망이를 휘둘러도 모자랄 판에 왜 뛰어야 하나 하는 생각도 들었다.

훈련을 마쳐도 그냥 놔두지 않았다. 코치님은 훈련이 끝나면 나를 방으로 불러 타격 동영상을 틀어놓고 공부를 시켰다. 처음에는 시키니까 무조건 했지만 계속 하다보니 흥미가 생겼다. 타격에 대해 조금씩 눈을 뜨고 자신감이 붙으면서 내가 먼저 코치님 방문을 두드리기 시작했다. 그때부터는 내가 코치님을 집요하게 괴롭혔다. 궁금한 게 있으면 하나부터 열까지 여쭤봤다. 코치님은 귀찮은 내색 없이 언제나 환한 미소로 자세하게 대답해주셨다. 박승호 코치님의 도움은 결과로 나타났다. 나는 데뷔 첫해(1995년) 타율 2할8푼5리(365타수 104안타) 13홈런 73타점을 기록했다. 타자 전향 1년차라는 게 믿기지 않을 만큼 기대 이상의 성과였다.

그렇다고 투수에 대한 미련이 사라진 건 아니었다. 대한민국 최고의 좌완투수가 되겠다는 신념은 변함없었다. 1년간 타자로 뛰었으니 다시 투수를 해보고 싶다는 생각이 들었다. 그런데 코칭스태프에서 다시 투수를 하라는 이야기가 없었다. 어쩔 수 없이 타자로서 한 시즌을 더 뛰어야 했다. 그 결과 이듬해엔 데뷔 후 첫 3할 타율(.303)을 달성했다. 그 기록을 마주하니 내가 한 단계씩 발전하고 있다는 느낌이 들었다. 이듬해인 1997년에는 안타(170), 홈런(32), 타점(114) 3개 부문 1위에 오르며 정규 시즌 MVP를 거머쥐는 영광을 누리게 됐다. 이후로는 투수에 대한 미련을 완전히 접었다. 내게 방망이는 운명과도 같다는 확신이 생겼다.

가끔 "프로에서 타자 대신 투수로 뛰었다면 어땠을까요?" 하는 질문을 받는다. 나도 궁금하다. 아마도 1, 2군을 오가면서 중간 계투 정도로 뛰다가 일찍 은퇴하지 않았을까 싶다.

투수로서 성공의 꽃을 피우지 못한 책임은 사실 내게도 있다. 많은 사람들이 혹사 여파로 팔꿈치 상태가 악화됐다고 알고 있지만 꼭 그렇지만은 않다. 깁스를 푼 뒤 재활 치료를 온전히 하지 못해 팔이 제대로 펴지지 않아 뼛조각이 생겼다고 한다. 재활에 실패한 건 전적으로 내 책임이다.

나는 중학교 3학년 때부터 경기가 있는 날에는 진통제를 먹어야 했다. 그러지 않으면 통증을 이겨낼 수가 없었다. 그런 아픔이 있었던 중학교 3학년 때가 투수 생활의 전성기였다. 내가 생각해도 투구 폼이 정말 예뻤다. 친구 (김)승관이가 말하길, 내 슬라이더의 위력은 거짓말 조금 보태 자기가 지금껏 봤던 슬라이더 가운데 손에 꼽힐 정도였단다. 눈으로 뻔히 보면서도 칠 수 없다고 했다. 친구로서 립서비스도 없지 않겠지만, 내 생각에도 그땐 정말 최고였다.

일본에서 돌아와 다시 삼성에서 활약할 때 가끔 훈련 중에 배팅 볼을 던지거나 불펜 포수를 앉혀놓고 투구를 했다. 투수에 미련이 있어서는 아니고, 공을 던지면서 잠시 옛 추억을 떠올렸을 뿐이다. 특히 상대 선발이 좌완일 때 후배 타자들을 위해 종종 배팅 볼을 던졌다. 아무래도 지명타자로 나가다 보니 시간적인 여유도 있고, 땀을 더 흘리고 싶어서 자청한 일이었다. 내가 던져줘서 후배들이 잘 친다면 기분 좋은 일이고, 그만큼 팀 승리에 도움을 준 것이므로 나름 내 밥값을 한 것이다.

이상과 현실 사이에서

1999년 50홈런 시대를 연 뒤 메이저리그 구단에서도 나에게 관심을 갖기 시작했다. 나로서도 2001년 시카고 컵스, 2003년 플로리다 말린스의 스프링캠프 초청 선수로 메이저리그 선수들과 함께 땀을 흘리면서 야구에 대한 시야가 넓어졌다. 꿈인가 생시인가 싶기도 했다. 새미 소사, 마크 그레이스 등 TV 중계에서나 봤던 선수들과 함께 뛰면서 더 큰 무대를 향한 열망이 커지기 시작했다. 역시 야구의 본고장은 달랐다. 지금껏 내가 뛰었던 무대는 너무나 좁다는 걸 다시 한 번 느꼈다. 메이저리그 시범 경기에 참가하면서 짜릿한 손맛까지 보고 나니 최고의 무대에서 뛰어도 되겠다는 자신감이 생겼다. 빅리그 진출이라는 목표 아래 에이전트 존 킴(현 보스턴 레드삭스 국제 담당 스카우트)과 계약을 체결하는 등 꿈을 현실로 바꾸기 위해 한 걸음씩 나아갔다.

2002년 한국시리즈 우승 직후, 포스팅 시스템(비공개 경쟁입찰)을 통한 메이저리그 진출보다는 FA 자격을 얻은 뒤에 마음 편히 도전하는 게 낫겠다고 판단했다. 에이전트도 나의 가치를 알리기 위해 동분

서주했다. KBO리그 사상 최초로 두 차례 50홈런을 달성하고 아시아 한 시즌 최다 홈런 신기록까지 세우자 나의 가치는 치솟았다. 당시 토미 라소다 LA 다저스 부사장은 내가 뛰는 모습을 직접 지켜보고 싶다면서 대구 구장을 찾기도 했다. 여러 구단이 에이전트를 통해 영입 의사를 밝혀 왔고, 현지 언론에서도 연이어 긍정적인 보도가 나왔다. 에이전트는 외신 보도를 번역해 내게 보여줬다. 메이저리그에서 뛰는 게 꿈이 아닌 현실이 되겠다는 믿음이 커져 갔다.

하지만 그 이후 사태는 나의 기대와는 완전히 다른 방향으로 전

개됐다.

　메이저리그 진출을 기정사실화했던 언론 보도와는 달리 미국 구단들이 나를 바라보는 시선은 냉정했다. 예상 수준의 절반에도 훨씬 못 미치는 수준의 금액을 제시했기 때문이다. 충격이었다. 제대로 한 방 맞은 것 같았다. 자존심에 적잖은 상처를 받을 만큼 헐값이었던 조건을 보며 과연 이렇게까지 해서 가야 할까 하는 생각마저 들었다.

　기대가 큰 만큼 실망도 컸다. 나는 망설였다. 당시 삼성 라이온즈와 일본 지바 롯데 마린스에서 파격 대우를 제시한 터라 머릿속은 더욱 복잡했다. 꿈보다 현실을 선택한다면 조금의 망설임도 없이 삼성 잔류를 선택했을지도 모른다. 당시 삼성에서는 누구도 예상하지 못할 만큼 엄청난 조건을 제시했다. 구단의 입장을 고려해 구체적인 조건을 공개할 수 없지만 요즘 FA 파격 조건은 명함도 못 내밀 수준이었다. 그 조건을 뿌리치고 새로운 도전을 하겠다고 나선 내 고집은 내가 돌아봐도 당황스러울 만큼 드센 것 같다.

메이저리그에 왜 안 갔어요?

지금껏 야구를 하면서 가장 많이 들었던 질문이다. 이제 와서 하는 이야기지만, 자존심에 상처가 컸다. "헐값 대우라도 받고 가야 하는 게 아니냐?" 하는 분들도 많았다. 메이저리그 진출 자체로 의의가 크니 조건에 상관없이 밀어붙여야 한다는 의미였다. 하지만 내 입장이 되어보지 않고 그렇게 이야기하는 건 아니라고 생각한다.

누군가가 아무리 내 인생을 깊이 들여다본다 하더라도 모든 걸 이해할 수는 없다. 당시 나는 이상만 좇을 수 없다고 판단했다. 이상과 현실의 기로에 놓여 있던 나는 메이저리그 진출도 국내 잔류도 아닌 일본행을 택했다.

2003년 12월 11일. 서울 모 호텔에서 기자 회견을 열었다. 수많은 취재진이 몰려들었다. 아시아 홈런 신기록을 세웠을 때도 이 정도의 열기는 아니었다. 평소와는 달리 유독 많이 긴장했다. 나는 미리 준비한 A4 용지를 꺼내 읽기 시작했다. "9년간 아들처럼 키워주신 삼성……" 그러는데 나도 모르게 울컥했다. 기자 회견장 뒤편에 있던 구

단 직원들과 눈이 마주쳤다. 눈물이 펑펑 쏟아졌다.

1995년 입단 첫해부터 그때까지의 수많은 기억들이 머릿속을 스쳐갔다. 나를 금지옥엽처럼 대해주신 분들에 대한 고마움과 이별을 앞둔 아쉬움이 교차했다. 구단 직원들은 "네 선택은 틀린 적이 없었다. 계속 함께하면 좋겠지만 너의 선택을 존중한다. 삼성에서 했던 것처럼 일본 무대에서도 잘해주길 바란다"라는 덕담으로 자리를 마무리해주었다. 난 고개 숙여 감사하는 마음으로 그 말을 받았다.

지바 롯데 마린스와 2년 계약을 체결한 뒤, 내 가치를 똑똑히 보여줘서 다시 한 번 메이저리그 진출의 꿈을 펼치겠다는 결심을 하고 일본으로 떠났다. 그런데 일본 무대의 벽은 생각보다 높았다. 진출 첫해 타율 2할4푼(333타수 80안타) 14홈런 50타점에 그쳤다. 고액 연봉(2억 엔) 선수로서 나의 가치를 보여주지 못한 부담감은 눈덩이처럼 커졌다.

마음을 터놓고 대화를 나눌 동료도 없다 보니 마음고생도 심했다. 외국인 선수의 첫째 성공 요건이 문화 적응이라는 걸 제대로 느꼈다. 다시 한 번 삼성 복귀의 기회가 왔지만 의견차가 커 끝내 성사되지 않았다. 일본 진출 전과는 달라진 조건에 씁쓸한 기분마저 들었다. 그때나 지금이나 이승엽은 같은 사람인데, 성적은 달랐다. 프로는 성적으로 말할 수밖에 없다. 하나도 억울할 것 없다. 노력해서 잘하면 되는 것이다.

두 번째 메이저리그 프러포즈

'죽기 아니면 까무러치기'의 각오로 보란 듯이 이겨내겠다고 다짐했다. 2004년 겨울 누나 친구의 동생인 오창훈 헬스 대표님을 만났다. 보디빌더 출신인 대표님은 전형적인 경상도 사나이다. 나를 만나자마자 딱 한마디 던졌다. "할 수 있겠어요?" 그래서 "무슨 말씀이신가요?" 하고 되물었다. "죽을 각오가 아니면 아예 시작도 하지 마세요. 저는 어정쩡한 거 가장 싫어합니다." 오 대표의 말에 조금의 망설임도 없이 고개를 끄덕였다.

절박한 나의 마음을 읽은 오 대표는 나를 더욱 강하게 만들었다. 매일 일대일 지도를 받았다. 녹초가 되어 집에 돌아오면 곧바로 뻗기 일쑤였다. 타협 따위는 없었다. 조금이라도 늘어지면 오창훈 대표의 불호령이 떨어졌다. 나는 다시 일어서겠다고 이를 악물었다. 2005년의 일이다.

당시 나는 플래툰 시스템(같은 포지션에 기량이 비슷한 선수들을 두세 명 놓고 번갈아가며 기용하는 것) 적용을 받고 있어서 출장 기회를 제대로 얻지 못했다. 그러기에 내겐 한 타석 한 타석이 소중했다. 무조건 보여줘야 한다는 마음뿐이었다. 야구를 하면서 그렇게 간절한 적은 없었다. 타율 2할6푼(408타수 106안타) 30홈런 82타점. 얽혔던 실타래가 조금 풀리는 기분이었다. 한신 타이거즈만 만나면 강세를 보였던 나는 일본시리즈에서 세 차례 홈런을 쏘아올리며 2002년 한국시리즈에 이어 생애 두 번째 우승 반지를 끼었다. '아, 이제 됐구나' 하는 자신감이 생겼다.

시즌 후 지바 롯데 마린스에서 좋은 조건으로 계약 연장을 제의했다. 하지만 지바 롯데에서는 내가 뛸 수 있는 기회가 적었다. 반면 요미우리 자이언츠에도 경쟁자는 있었지만 해볼 만하다고 판단했다.

나는 안정과 조건을 버리고 모험을 선택했다. 야구에 목말랐던 내 마음이 나를 요미우리 자이언츠로 이끌었다. 일본 최고의 인기 구단에서 뛰면서 나의 가치를 다시 한 번 끌어올리고 싶었다. 나는 하라 다쓰노리 감독의 전폭적인 지지를 받으며 상승 곡선을 그리기 시작했다. 정규 시즌 개막전 선발 라인업에 4번 이승엽이 표기된 전광판을 보면서 희열을 느꼈다. 요미우리 자이언츠 4번 타자라는 자부심은 말로 표현할 수 없을 만큼 대단했다. 그라운드 안팎에서 스포트라이트를 한 몸에 받았다. 어딜 가든 '승짱'이라 부르며 반겨줬다. 타율 3할2푼2리(524타수 169안타) 41홈런 108타점. 일본 무대 진출 후 최고의 성적이었다.

일본 무대에서 커리어 하이(career high, 스포츠 종목에서 개인이 가장 잘했던 시즌)를 달성한 나는 예상한 대로 여러 메이저리그 구단으로부터 러브콜을 받았다. 3년 전과는 달리 조건도 좋았다. 일본 무대에서 검증

을 마쳤으니 야구의 본고장에서도 충분히 통할 수 있다고 판단한 모양이었다. 하지만 나는 그토록 바라던 메이저리그 진출 기회를 눈앞에 두고 요미우리 자이언츠 잔류를 선택했다. 내 행보를 놓고 이해하기 어려워하는 분들이 많았다. 당시 미국 담당 에이전트조차 이해할 수 없다는 반응이었다.

메이저리그로 가면 야구를 더 배울 수 있겠지만 일본에서도 충분히 배울 수 있다고 판단했다. 늘 한결같은 마음으로 믿어주신 하라 다쓰노리 감독님과, 내가 부진 속에서 힘겨워할 때 직접 한글로 쓴 편지를 보낸 아베 신노스케를 비롯한 동료들을 두고 떠날 수가 없었다. 지금도 그 편지의 내용을 기억한다.

"당신은 거인군단의 4번 타자입니다. 나쁠 때도 좋을 때도 4번 타자입니다."

가슴 뜨거워지는 응원의 글이었다. 거인군단의 일원이 된 만큼 요미우리 자이언츠에서 다시 한 번 일본시리즈 우승의 기쁨을 누리겠다고 나 자신과 약속했다.

하지만 이후 왼쪽 무릎 및 왼손 엄지 수술 여파로 제 기량을 발휘하지 못했다. 요미우리는 2009년 일본시리즈 정상에 등극했지만 나는 주연이 아닌 조연이었다. 나 자신과의 약속을 지키지 못해 너무도 쓰리고 분했다.

메이저리그에서 단 한 경기라도 뛰었으면 어땠을까 하는 아쉬움은 있지만 후회는 없다. 사십대에도 야구를 할 수 있었던 건 일본 무대에서 우여곡절을 겪으면서 많은 걸 배운 덕분이다. 일본 무대에 진출하기 전까지 항상 최고의 대우를 받았던 나는 일본에서 8년간 뛰면서 평생 잊지 못할 경험을 했다. 그 경험이 나를 변화시키고 어른으로 만들었다.

평소 가깝게 지내던 사람들을 대할 때의 태도도 많이 달라졌다. 일본 무대에서 뛰면서 주변 사람을 존중하고 배려하는 자세를 배웠다. 일본에서 성공했다고 단언할 수는 없지만 시간을 허투루 보낸 건 아니었다. 힘들었지만 많은 것을 배우고 깨달았다. 낯간지러운 말이지만 성격도 좋아졌다. 게으른 편이었던 내가 '아침형 인간'으로 탈바

157

꿈했다. 얻는 게 있으면 잃는 게 있고, 잃는 게 있으면 얻는 게 있다는
세상의 이치를 다시 한 번 느꼈다.

왜 아빠는 안 보여?

　　요미우리 2군 시절은 내 야구 인생에서 가장 쓰디쓴 약과 같은 시간이었다. 삼성에서 9년 동안 뛰면서 단 한 번도 2군으로 강등된 적이 없었기에 그 충격은 더욱 컸다. 2006년 정규 시즌 개막전부터 4번 타자로 뛸 수 있는 기회를 주신 하라 다쓰노리 감독님과의 관계도 언제부터인가 멀어져갔다. 2010년까지 2년간 불편한 동거가 이어졌다. 모두 내 탓이었다. 프로 선수는 성적으로 보여줘야 하는데 그러지 못했다. 끝 모를 부진 속에 2군에 머무르는 시간이 점점 길어졌다. 삶의 활력소 같은 건 없었다. 하루하루가 무기력의 연속이었다. 야구를 하면서 그런 적은 처음이었다.

　　어느 날 큰아들 은혁이가 "아빠 친구들은 경기하고 있는데, 왜 아빠는 집에 있어?" 하고 물었을 때 가슴이 아팠다. 가장으로서 멋진 모습을 보여주지 못해 가족에게 미안했다. 몸과 마음이 함께 지쳐갔다. 일본 생활에 대한 회의감이 들기 시작하면서 고향에 대한 그리움이 커졌다. 향수병이었다.

  핸드폰과 메신저를 통해 지인들과 연락하며 아쉬움을 달랬다.
시시콜콜한 일상부터 다양한 이야기를 나눴다. 마음 편히 속내를 터
놓을 수 있는 이들과 대화를 나누다 보면 쌓였던 스트레스가 말끔히
사라졌다. 내가 그래도 괜찮은 야구선수이고 아직 쓸 만한 사람이란
것을 확인받는 시간이었다.

  지금도 내 노트북에는 2006년 월드베이스볼클래식과 2008년
베이징 올림픽 때 찍은 사진이 가득 담겨 있다. 사진 속 나는 아주 행
복해 보였다. 모든 걱정 근심을 다 내려놓은 것처럼. 대표팀은 타국에
서 생활하는 내게 우리나라 선수들과 함께할 수 있는 유일한 기회였
다. 대표팀에서 찍었던 사진을 보며 좋았던 추억을 떠올렸다. 그들과

함께했던 행복한 시간이 눈물겹도록 그리웠다.

KBO리그에 복귀하고 싶은 마음도 컸지만 당시 리빌딩을 추진 중인 삼성 라이온즈의 상황을 고려할 때 내 마음대로 하기는 어려웠다. '이제 더 이상 삼성 복귀는 힘들겠구나' 하는 진한 아쉬움이 밀려왔다. 일본에서 부진할 때면 "이승엽은 끝났다" "이제 한국에 복귀해라" 하는 등의 혹평이 쏟아졌다. 정말 화가 나고 힘들었지만 아무런 반박도 하지 않았다. 속이 까맣게 타들어갔지만 침묵을 지키는 게 최선이라고 생각했다.

인생의 단비 같은 한마디

2010년 가을 요미우리 자이언츠로부터 재계약 불가 대상이라는 통보를 받았다. 어느 정도는 예상한 일이었다. 나는 다시 한 번 선택의 기로에 섰다. 국내 무대 복귀는 이미 물 건너간 가운데 일본 내 타 구단 계약과 미국 마이너리그 진출이라는 두 갈래를 놓고 고민했다. 내 야구 인생에서 가장 큰 고민에 빠진 시기였다.

에이전트로부터 오릭스 버팔로스와 도호쿠 라쿠텐 골든 이글스, 두 구단에서 내게 관심을 보인다는 이야기를 들었다. 특히 오카다 아키노부 당시 오릭스 감독님은 내가 필요하다고 구단 측에 강력히 요청했다고 한다.

나는 가족들이 생활하기엔 오사카가 더 낫다고 판단해 오릭스 행을 결심했다. 여러모로 오릭스 유니폼을 입는 게 내겐 최선의 선택이었다. 오카다 감독님은 한신 사령탑 시절 요미우리에서 뛰던 나 때문에 골머리(?)를 앓았으나 내가 오릭스에서 명예 회복을 할 수 있도록 최대한 도와주겠다고 약속했다. 자신의 심장에 비수를 꽂았던 적군을 품는다는 게 결코 쉬운 일이 아닐 텐데 말이다.

삼성 복귀의 꿈을 접었던 내게 한 줄기 희망의 빛이 생겼다. 2011년 2월 19일. 일본 오키나와 캠프 때 삼성 라이온즈와의 연습 경기를 앞두고 류중일 감독님을 만났다. 그때 내 귀를 의심케 하는 한마디를 들었다. "삼성 올래?" 인생의 단비 같은 한마디였다. 오릭스와의 계약을 조금만 늦게 했더라면, 하는 아쉬움이 들 정도였다. 류중일 감독님은 이미 내 마음을 읽고 있는 듯했다.

감독님은 취재진이 나의 한국 복귀에 관해 물을 때마다 이렇게 답했다.

"지난해 겨울 승엽이와 식사하면서 일본에서 명예롭게 은퇴하고 지도자의 길을 착실히 걷는 게 좋겠다고 조언했다. 평소 내 말을 잘 듣던 승엽이가 은퇴만큼은 삼성에서 하겠다고 딱 잘라 거절했다. 당시에는 내가 코치 신분이었는데 막상 감독이 되고 나니 승엽이의 말이 기억났고 꼭 데려오고 싶은 생각이 들었다. 팬들은 스타가 있어야 야구장에 온다. 하지만 우리 팀은 최근 몇 년간 골든글러브를 수상하지 못해 솔직히 스타가 없다. 가능하다면 승엽이를 데려오고 싶다."

감독님이 적극적인 입장을 보이니, 나 또한 삼성 복귀를 향한 마음이 되살아났다.

2011년 초, 동일본 대지진 여파로 일본 프로야구 시즌 개막 일정이 연기됐다. 그때 삼성 구단으로부터 "삼성에 복귀하면 안 되겠느냐? 오늘이라도 당장 일본으로 가겠다"라는 연락까지 받았다. 하지만 오릭스와 2년 계약을 맺은 상태였다. 계약 파기는 사실상 불가능한 상황. 2011년 가을이 되어서야 나는 오릭스 구단 측에 한국으로 돌아가겠다는 의사를 밝혔다. 구단은 나의 요청을 흔쾌히 받아들였다. 구단으로서는 쉽지 않은 결정이었을 텐데, 내 의사를 존중해주어서 정말 감사했다.

한국 복귀 소식이 전해진 뒤 삼성을 제외한 다른 구단들로부터 영입 제의를 받았다. 조건도 파격에 가까웠다. 하지만 삼성 말고는 눈에 들어오지 않았다. 삼성 라이온즈의 연고지인 대구는 내가 태어난 곳이고, 삼성 라이온즈는 내가 프로야구 선수로서 줄곧 뛰었던 팀이다. 내게 많은 도움을 준 삼성이 아닌 타 구단 유니폼을 입는 것은 상상할 수 없는 일이었다. 나 역시 '파란 피'의 사나이 아닌가.

마침내 8년 만의 삼성 복귀. 파란 유니폼을 다시 입고 대구 시민 야구장 타석에 들어섰을 때의 그 짜릿함은 말로 표현할 수 없을 정도였다. 어딜 가든 "이승엽 선수, 정말 잘 돌아왔습니다" "그동안 마음고생 많았을 텐데 고향에서 마음 편히 야구하시길 바랍니다" "삼성 유니폼 입은 모습을 다시 보고 싶었는데, 돌아와줘서 정말 기쁩니다" 하고 반겨줬다. 내 심장이 다시 뛰었다.

복귀 첫해 타율 3할7리(488타수 150안타) 21홈런 85타점을 기록했다. 잘할 수 있을까 하는 걱정으로 시즌을 시작했는데 그만하면 준수한 성적이었다. 2년 연속 한국시리즈 직행 티켓을 확보하며 SK와 격돌했다. 안방에서 1, 2차전을 모두 승리로 장식하며 순조롭게 우승의 꿈을 이루는 듯했다. 하지만 승부의 세계에 쉬운 건 없었다. 문학구장

으로 장소를 옮긴 뒤 잇달아 두 경기를 내주며 승부는 원점이 되었다.

5차전부터는 잠실구장에서 만났다. 5차전 2 대 1 승리에 이어 6차전 7 대 0 완승. 나는 한국시리즈 타율 3할4푼8리(23타수 8안타) 1홈런 7타점으로 생애 첫 한국시리즈 MVP를 거머쥐었다. 복귀 첫해 통합 우승에 한국시리즈 MVP까지 품에 안았으니 더 바랄 게 없었다. 생애 두 번째 한국시리즈 우승 반지를 받으면서 류중일 감독님의 한마디가 다시 떠올랐다. "삼성 올래?" 그 한마디가 없었다면 이 영광을 누리지 못했을 테니까.

복귀 2년째인 2013년 내 성적은 곤두박질쳤다. 타율 2할5푼3리(443타수 112안타) 13홈런 69타점. 지금껏 내가 보여줬던 모습과는 거리가 멀었다. 쥐구멍에라도 숨고 싶은 심정이었다.

1년 만에 나를 향한 시선들이 돌변했다. 3년 연속 통합 우승에도 나는 마음껏 웃지 못했다. 수치심이 들었다. 절박했고 창피했다. 이래서는 안 되겠다 싶었다. 다시 한 번 스파이크 끈을 조여 맸다. 살아남기 위해 변화를 꾀했다. 시쳇말로 가족 빼고 다 바꾸기로 했다. 그 결과 2014년 타율 3할8리(506타수 156안타) 32홈런 101타점, 2015년 타율 3할3푼2리(470타수 156안타) 26홈런 90타점, 2016년 3할3리(542타수 164안타) 27홈런 118타점을 달성했다.

나를 향한 의혹의 시선은 싹 사라졌다. 또다시 '역시 이승엽'이라는 찬사가 쏟아졌다. 그제야 마음이 놓였다. 야구가 제대로 되지 않을 때면 잠을 이루기 힘들 만큼 스트레스를 받았는데, 내 가치를 다시 증명하면서 살아 있다는 걸 느꼈다.

06
회

이름을
걸고

SEUNG YUOP LEE

난 대한민국 대표다

내게 태극마크는 자부심 그 자체다. 국가대표 선수가 된다는 것은 내 야구 인생에서 조국을 위해 헌신할 수 있는 기회를 의미한다.

2008년 베이징 올림픽 당시 나는 선택의 기로에 서 있었다. 2007년 10월 왼손 엄지 인대 재건 수술을 받고 재활 과정을 밟았던 나는 KBO로부터 베이징 올림픽 최종 예선전 대표팀 참가 제의를 받았다. 재활이 더 필요한 상황이었고 2007년 성적이 좋지 않았던 터라 선뜻 결심을 할 수가 없었다. 그래도 한국 야구를 위해 봉사할 수 있는 마지막 기회일지도 모른다는 생각이 들어서, 잔인할 만큼 힘겨운 선택의 갈림길에서 어려운 결정을 내렸다. 나는 요미우리 자이언츠 구단 측에 대표팀 참가 의사를 전했다. 주축 선수로서 마음이 무거웠지만 조국을 위해 소속 구단을 뒤로할 수밖에 없었다. 다행히 구단에서는 "이승엽 선수의 의사를 존중하겠다"고 했다. 미안한 마음이 컸지만 어쩔 수 없었다.

시즌을 앞두고 대만에서 열린 베이징 올림픽 최종 예선전에 참

가해 타율 4할7푼8리(23타수 11안타) 2홈런 12타점 5득점으로 만족할 만한 성적을 거뒀다. 먹히는 타구가 나올 때마다 심한 통증에 시달리면서도 참고 뛰었다. 대한민국 대표로서 그래야만 했다. 다행히 본선행 티켓을 확보하는 데 성공했다. 안도의 한숨이 절로 나왔다. 어깨 위에 놓여 있던 무거운 짐을 내려놓은 기분이었다.

그런데 정규 시즌 개막을 앞두고 부상 악몽이 재현됐다. 올림픽 최종 예선전이 끝난 뒤 구단에 합류했을 때 통증이 심해졌다. 타격을 할 때에는 시속 150km를 넘나드는 속도로 날아오는 공을 그에 못지않은 스피드의 스윙으로 맞받아치기 때문에 공이 맞는 순간 배트가 울리면서 손가락까지 그 울림이 전해진다. 평소엔 아무렇지 않을 그 울림이 손가락 부상으로 인해 엄청난 아픔으로 느껴졌다. 통증 때문에 방망이를 제대로 돌리지 못하니 좋은 성적이 나오지 않는 건 당연했다. 그러다 보니 구단의 시선이 고울 리 없어서, 통역인 (정)창용이를 통해 올림픽 본선 참가에 반대한다는 입장을 전해 오기도 했다.

하지만 내 의지는 확고했다. 조국을 위해 올림픽에 나가겠다는 생각은 예전부터 갖고 있었다. 지금껏 대표팀을 통해 얻은 것을 되갚고 싶었다. 2012년 런던 올림픽부터 야구가 정식 종목에서 제외돼 베이징 올림픽이 마지막이기도 했다. 무엇보다, 본선 진출을 확정 지은 뒤 후배들과 "본선에서도 함께 뛰자"고 했던 약속을 꼭 지키고 싶었다.

내가 올림픽에서 일으킨 기적은 구단의 반대를 무릅쓰고 우여곡절 끝에 얻은 것이었다. 만약 베이징 올림픽 대표팀에 참가하지 않았다면 평생 후회했을 것 같다. 대표팀이 메달을 획득하는 장면을 지켜보면서 '아, 나도 저기 있어야 하는데' 하고 아쉬워했을 것이다. 메달을 따지 못했다면 불참했다는 죄책감으로 몹시 괴로워했을 것이다.

한국 대표팀은 9전 전승으로 사상 첫 올림픽 금메달 획득이라는 기적을 일궈냈다. 내가 그 일원이었다는 게 지금까지도 너무나 자랑스럽다. 그 감동은 죽을 때까지 잊지 못할 것 같다. 어떻게 잊을 수 있겠는가. 이따금 올림픽 하이라이트를 보면 당시 상황이 떠올라 뭉클해진다. 올림픽 이후 부상으로 하향 곡선을 그렸지만 절대 후회는 없다. 시간을 되돌린다 해도 나는 똑같은 선택을 할 것이다.

밖에서 보는 마음

대한민국 올림픽 금메달 획득에는 이바지했지만 사이타마 세이부 라이온즈와의 일본시리즈에서는 죽을 쒔다. 18타수 2안타. 삼진을 12개나 당했다. 일본시리즈 패배의 빌미를 제공했다고 표현해도 과언이 아니었다. 나 때문에 졌다는 생각에 정말 미칠 것 같았다. 고개를 들지 못할 만큼 구단에 죄송했다. 고액 연봉 선수의 부진을 바라보는 구단 내부의 시선은 차가웠다. 시리즈가 끝난 뒤 구단 측에 "내년(2009년) WBC 대표팀에 참가하지 않겠습니다. 소속 구단에 전념하겠습니다" 하고 먼저 이야기했다. 구단 측은 예상치 못한 나의 발언에 많이 놀라워했다. 정말 쉽지 않은 선택이었다. 아쉬움도 컸지만 당시에는 그게 최선이었다. 구단에 대한 예의였다.

한국 귀국 후 WBC 대표팀 지휘봉을 잡은 김인식 감독님과 두 차례 만났다. 감독님께서 "승엽이 네가 필요하다"고 거듭 말씀하셨지만 "죄송합니다"라는 대답밖에 할 수 없었다. 식사 자리에서 밥을 제대로 먹기 힘들 만큼 마음이 무거웠다. 감독님께 현재 상황에 대해 자

세히 말씀드리고 양해를 구했으나 "너 안 가면 나도 (대표팀 감독) 안 해" 하셨다. 정말 죄송했다.

2006년 1회 대회 때 좋은 기억이 가득해 대표팀에 참가하고 싶은 마음이 굴뚝같았지만 구단 측에 미리 대표팀 불참 의사를 통보했고 성적 부진에 대한 책임을 져야 했다. 가고 싶은데 가지 못하는 그 심정은 정말 말로 표현하기 힘들었다. 슬픔과 아쉬움이 뒤섞여 밀려왔다. 대표팀 유니폼을 입고 함께 뛸 수는 없지만 멀리서나마 대표팀을 응원하는 게 내가 할 수 있는 일이었다. 일본리그 시범경기 도중 대표팀이 WBC 결승에 진출했다는 소식을 듣고 나도 모르게 쾌재를 불렀다. 물론 현장에 함께 있었다면 좋았을 텐데 하는 아쉬움도 컸다.

2013년에 다시 한 번 제3회 월드베이스볼클래식 대표팀 승선 기회를 얻었다. 국민의 기대도 컸고, 내 기대도 컸다. 나는 타율 4할 (10타수 4안타) 1타점 3득점이라는 나쁘지 않은 성적을 받았지만 대표팀은 1라운드 탈락의 아픔을 맛봤다. 1회 대회의 좋은 기억을 되살리고 2회 대회 불참의 아픔을 떨쳐내고 싶었는데 그러지 못해 안타까웠다.

이듬해 인천 아시안게임 대표팀 1차 예비 엔트리에 포함됐다. 2002년 부산 아시안게임에 이어 12년 만에 우리나라에서 열리는 아시안게임이었다. 하지만 더 이상 대표팀 유니폼을 입는 건 아니라는 판단이 섰다. 나보다 더 잘하는 선수들이 많고, 이십대 선수들이 대표팀의 중심이 돼 경기를 풀어나가는 것이 옳았다.

다소 엉뚱하게 들릴 수도 있겠지만, 대한민국을 위해 열심히 공을 쳐서 대표팀에 도움이 됐던 운도 이제 다 된 것 같다는 생각도 있었다. 야구는 실력만으로 되는 게 아니다. 나의 운을 젊은 선수들에게 물려줘야 했다.

태극마크를 달고 뛰면서 얻은 게 너무나 많다. 다른 선수들과 끈끈한 관계도 맺게 됐고, 조국에 이바지했다는 뿌듯함도 느꼈다. 국민들에게 큰 기쁨을 선사하는 기회도 얻었다. 이제 현역 은퇴를 하게 됐으니 더 이상 대표팀 유니폼을 입고 뛸 수 없다. 아쉬운 마음은 있지만 물러나야 할 때를 알아야 한다. 선수로서는 뛸 수 없지만 한국 야구 발전을 위해 이제는 그라운드 밖에서 열심히 뛰려고 한다. 그동안 야구가 나에게 준 좋은 것들을 이제 후배들에게 선물하고 싶다.

8회의 사나이

이승엽 하면 2008년 베이징 올림픽을 떠올리는 팬들이 많겠지만, 내게 2000년 시드니 올림픽이 주는 의미는 남달랐다. 최종 엔트리에 이름을 올렸으나 정규 시즌 도중 베이스를 들어가다 왼쪽 무릎을 다쳐 대회 참가 여부가 불투명한 상황이었다. 통증이 가시지 않았지만 어떻게 해서든 참고 뛰겠다는 마음뿐이었다. 주변에서 만류했지만 누구도 나의 고집을 꺾지 못했다.

뒤늦게 겨우 시드니행 비행기에 몸을 실었는데, 나의 바람과는 달리 무릎 상태가 좀처럼 나아지지 않았다. 대표팀에 막 합류했을 때는 걷는 것조차 쉽지 않을 만큼 심각했다. 트레이닝 파트의 정성 어린 도움 속에 직선으로 뛸 수 있을 만큼은 좋아졌다. 그러나 야구에서는 직선으로만 달릴 수 없다. 베이스 러닝을 하다 보면 방향 전환을 해야 한다.

그런데 무릎 상태가 완벽하지 않으니 통증은 뒤로하더라도 움직임마저 둔해져 쉽지가 않았다. 연습 경기에서 무릎 보호대를 착용

한 뒤 대타 또는 지명타자로 나서는 게 전부였다. 대회를 앞두고 1루 수비를 소화할 수준까지 회복됐으나 실전 감각이 부족해 이름값을 제대로 하지 못했다.

대표팀은 이탈리아와의 첫 대결을 10 대 2 완승으로 장식했다. 뒤이어 호주, 쿠바, 미국에 잇따라 덜미를 잡히며 1승 3패로 예선 탈락 위기에 놓였다. 하지만 네덜란드를 2 대 0으로 꺾고 꺼져가는 불씨를 되살리는 데 성공했다. 다음 상대인 일본만 잡는다면 그토록 바라는 메달 획득도 가능한 상황이었다.

김응룡 감독님은 일본전을 앞두고 "모든 책임은 감독인 내가 진다. 일본만큼은 꼭 이기자"고 말씀하셨다.

나는 속된 말로 계속 죽을 쑤다가 일본과의 대결에서 마쓰자카 다이스케(현 주니치 드래건스)를 상대로 가운데 담장을 넘기는 투런 아치를 쏘아올렸다. 대표팀은 연장 접전 끝에 7 대 6으로 짜릿한 승리를 거두었다.

일본과 다시 맞붙게 된 3·4위전을 떠올리면 지금도 소름이 돋는다. 앞선 세 차례 타석 모두 삼진으로 물러난 터라 부담감이 큰 상태였다. 0 대 0으로 맞선 8회 2사 2, 3루 상황에서 마쓰자카 다이스케와 풀 카운트 접전 끝에 좌중간을 가르는 2타점 2루타를 터뜨렸다. 3 대 1 승리였다. 아마 그때부터 '8회의 사나이'라는 별명을 얻은 게 아닐까 싶다. 지금껏 국제 대회마다 결정적인 순간에 한 방을 날렸지만 과정이 순탄치 않았기에 부담감이 컸던 게 사실이다. 주축 선수로서 책임감이 큰데 제대로 못하니 마음의 짐이 무거웠던 것이다.

이제는 말할 수 있다

시드니 올림픽 덕분에 '8회의 사나이'란 별명도 얻었지만 개인적으로는 악몽 같은 사건도 겪었다. 그때 하필이면 뉴스마다 선수들 카지노 출입 사건으로 엄청 시끄러웠던 적이 있었다. 그날 난 휴식일이었고, 무릎 상태가 좋지 않아 숙소에서 아이싱 치료를 받으며 재충전을 했다.

그런데 다음 날 신문 기사에 내가 카지노에 있었다는 기사가 뜬 것이다. 누군가 사실 확인도 하지 않고 "카지노 2층에 이승엽이 있으니 사인을 받아라" 하고 어떤 기자에게 말을 했던 모양이다. 그 기자는 그 말만 믿고 사실무근의 기사를 썼다. 팀이 예선 탈락의 위기에 처한 안 좋은 분위기에 일부 선수들이 카지노를 드나들었던 게 기사화되면서 한바탕 홍역을 치렀다. 대표팀의 안일한 정신상태와 코칭스태프들의 선수단 부실 관리까지 상당한 문제점을 노출했다는 지적이 여기저기서 나왔다. 거기에 부상으로 경기도 제대로 뛰지 못하는 내가 카지노에 있다고 했으니, 국민들의 실망과 분노가 일파만파로 번져 갔다.

난 내 모든 것을 걸고 한 점 부끄럼 없다고 말할 수 있다. 카지노 앞을 지나친 적도 없다. 그런데 무책임한 한마디에 논란의 중심에 서게 된 것이다. 나를 모르는 사람들에게는 거의 죽일 놈 취급을 받았다. 가지도 않았는데, 억울하다 못해 비참한 기분이었다.

'정말 내가 그런 사람으로밖에 안 보이나?'

구단에서도 확인 전화가 오고 난리가 났다. 구단 관계자가 "정말 안 갔냐?"고 묻길래 "난 숙소에만 있었다"고 억울함을 호소했다. 다행히도 대표팀이 동메달을 따면서 해피엔딩으로 막을 내렸지만 당시 뜻하지 않게 오해를 받게 돼 마음고생이 아주 심했다. 2008년 베이징 올림픽에서의 부진과 비교해도 될 만큼. 정말 억울했지만 아무 말을 할 수 없으니 벙어리 냉가슴만 앓았다. 그래도 나를 믿어주고 증언해주는 사람들이 많았다는 사실이 위안이 되었다. 마음고생한 것은 나뿐만이 아니었다. 나를 믿고 있는 가족들도 내가 절대 그럴 사람이 아니라는 것을 알면서도 남들에게 대놓고 편들 수도 없었고 화를 낼 수도 없었다. 유명인의 가족으로 사는 것은 생각보다 불편하고 마음 졸이는 일이다. 그래서 난 더 잘하려고 노력한다. 남의 입방아에 오를 만한 일을 절대 하지 않는다.

"아니 땐 굴뚝에서 연기 나랴"라는 속담이 있는데, 불을 때지 않아도 연기 날 수 있다는 것을 실감했다. 그 사람은 어떤 생각으로 그런 루머를 퍼뜨렸을까? 날 닮은 누군가를 보기라도 한 것일까? 아직도 내게는 미스터리한 일이다. 그 황당한 사건 이후 나는 행동에 더 조심했고 말 한마디도 더 신중하게 했다. 아픈 기억도 돌이켜보면 추억

이 될 수 있다고들 말한다. 나 역시 당시 아픈 기억을 교훈 삼기로 했다. 덕분에 마음의 키가 한 뼘쯤 자란 것 같으니 이제는 웃으면서 말할 수 있다. 그날 난 카지노에 절대 간 적이 없다.

07
___
회

최고의
당신

SEUNG YUOP LEE

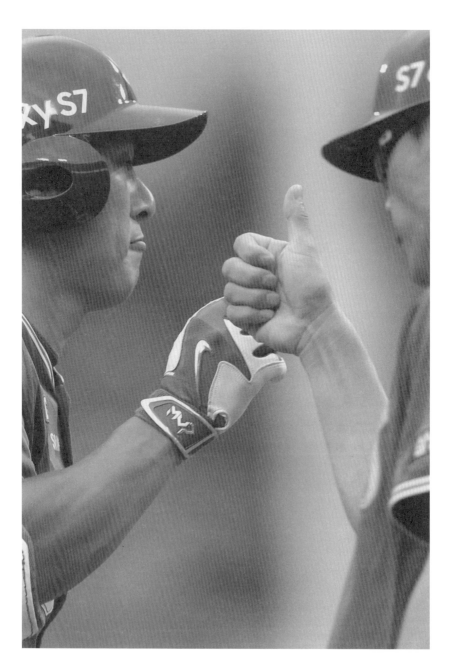

최고라고 믿게 해준 백인천 감독님

삶은 만남의 연속이다. 인간의 행복과 불행은 만남을 통해 결정된다. 좋은 스승을 만난다는 건 삶의 가장 큰 축복 가운데 하나다. 특히 어릴 적에 어떤 스승을 만나느냐는 아주 중요하다. 스승의 말 한마디, 행동 하나가 제자에게 미치는 영향은 절대적이다.

늘 하는 말이지만 나는 복이 많은 사람이다. 그중에 가장 큰 복은 좋은 스승을 만났다는 것이다. 야구를 처음 시작할 때부터 은퇴하기까지 수많은 스승들의 가르침을 받은 덕에 '국민타자'라는 최고의 수식어를 얻을 수 있었다. 스승들의 가르침이 없었다면 지금의 내가 있었을까. 절대 그렇지 않다고 확실하게 말할 수 있다. 내가 최고의 자리에 오를 수 있었던 건 여러 스승들로부터 잘 배운 덕분이다.

사람들에게 이승엽 하면 가장 먼저 떠오르는 게 무엇이냐고 물으면 홈런이라고 대답할 것 같다. 야구의 꽃은 홈런이다. 홈런은 경기 결과를 한순간에 뒤바꾸는 힘이 있다. 하늘을 수놓는 호쾌한 한 방은 보는 이의 가슴을 뻥 뚫리게 하는 매력이 있다.

내가 홈런 타자로 성공할 수 있었던 데에는 백인천 감독님의 영향이 컸다. 일본 프로야구 퍼시픽리그 타격왕 출신 백인천 감독님은 프로야구가 출범한 1982년 MBC 청룡의 감독 겸 선수로 뛰면서 타율 4할1푼2리(250타수 103안타)를 달성했다. 야구 만화에나 나올 법한 기록이다. 백인천 감독님은 KBO리그 처음이자 마지막 4할 타자다. 현역 시절 강타자로 명성을 떨쳤던 감독님은 타격 지도에도 일가견이 있었다.

1996년부터 삼성 지휘봉을 잡은 백인천 감독님은 삼성 라이온즈 개혁을 부르짖었다. 무너진 삼성을 되살리기 위해서는 개혁만이 최선책이라 믿고 나를 비롯해 신진 선수들을 대거 등용했다. 한 번 믿으면 끝까지 기회를 주고, 신인 선수들을 위해 과감히 지갑을 여는 등 보스 기질이 강한 분이었다.

프로 무대를 갓 밟은 낮은 연차 선수들이 1군 무대에 적응한다는 건 결코 쉬운 게 아니다. 그들은 출장 기회가 적어 한 번의 기회에 모든 걸 보여주려고 애쓴다. 잘해야 한다는 마음이 너무 강하면 결과가 꼬이기 마련이다.

백인천 감독님은 어린 선수들의 심리를 잘 읽었다. 한 번 못했다고 기회를 박탈하지 않고 더 잘할 수 있으니 마음껏 해보라고 박수를 보냈다. "못하면 어쩌지" 하는 불안감은 감독님의 박수에 "할 수 있다"라는 자신감으로 바뀐다.

나 역시 마찬가지였다. 데뷔 첫해 타자로서 기대 이상의 성적을 거뒀지만 미래에 대한 불안한 마음이 사라진 건 아니었다. 걱정도 많

이 했다. 반짝 스타로 끝날까봐 두려웠다. 백인천 감독님은 내게 자신감을 불어넣어주셨다. 나를 볼 때마다 "승엽이, 네가 최고!" 하며 엄지를 세웠다. 처음에는 그렇게 말씀하실 때마다 '내가? 정말?'이라는 생각이 들었다. 감독님은 내게 자주 말씀하셨다. "네가 삼성 최고의 타자다. 너는 더 잘할 수 있고, 한국 최고의 선수가 될 수 있다. 그리고 일본 무대에 진출해라." 그럴 때마다 감독님이 이상하신 것 같다는 생각까지 했다. 그렇다고 햇병아리 선수였던 내가 반박을 할 수는 없었다. 그저 "감사합니다" 하고 인사만 꾸벅하는 게 전부였다.

혼자 수없이 생각해봤다. 신예인 내게 삼성 최고 타자라고 칭찬해주시는 이유가 뭘까. 어떤 점을 보고 그러시는 걸까. 내 머리로는 도무지 이해가 가지 않았다. 분명 칭찬이긴 한데 확 와닿지 않았다. 하지만 역시 칭찬은 고래도 춤추게 한다. 감독님의 말씀을 들으면서 마음 가짐이 바뀌기 시작했다. '내가 어떻게······' 하는 의구심이 '나도 혹시······' 하는 긍정적인 생각으로 바뀌었다. 긍정적인 사고는 긍정적인 에너지로 이어졌다. 나의 말투와 행동에 자신감이라는 연료가 주입됐다. 감독님의 평가가 맞았다는 것을 증명하고 싶었다. 그때부터 성적이 조금씩 좋아졌다. 성공에 대한 확신이라기보다는 기대감이 생겼다. 흔히 목표는 크게 잡으라고 하는데, 나는 항상 도달할 수 있는 목표만 잡았다. 그래서 새로 잡은 목표는 홈런왕. 1994년 25차례 아치를 쏘아올리며 KBO 리그 최초로 좌타자 홈런왕을 차지한 김기태 선배님(현 KIA 타이거즈 감독)처럼 홈런왕이 되고 싶었다.

메이저리그에는 "타격왕은 포드를 타고 홈런왕은 캐딜락을 탄다"는 속설이 있다. 홈런왕이 훨씬 많은 인기와 연봉을 얻는다는 의미다.

상대 투수들의 간담을 서늘하게 만드는 홈런왕의 매력은 말로 표현할 수 없다. 언젠가 백인천 감독님께 "홈런타자가 되고 싶습니다" 하고 말씀드린 적이 있다. 감독님은 웃으면서 되물었다. "엄청난 노력이 필요한데 해볼 테냐?" 나는 자신 있게 대답했다. "얼마든지 할 수 있습니다."

목표 달성을 위해 기술을 많이 바꿨다. 백인천 감독님은 "자세가 낮으면 높이 오는 공에는 힘이 제대로 전달되지 않으니 배트를 귀 높이에 놓아야 한다"고 말씀하셨다. 정말 쉴 틈 없이 방망이를 휘둘렀다. 지금 다시 하라면 절대 할 수 없을 만큼 했다. 그리고 1996년 12월, 나를 비롯한 팀 내 유망주들이 호주 특별 훈련에 참가했다. 이른바 호주 특공대라고 불렸는데, 따뜻한 남쪽 나라에서 한 달 가까이 나의 모든 것을 쏟아붓고 왔다. 내가 흘린 땀방울은 이듬해에 큰 결실을 맺었다.

1996년 데뷔 첫 3할 타율을 달성했지만 홈런은 9개에 불과했다. 그래도 호주 특별 훈련 때 백인천 감독님의 가르침을 받으며 몸과 마음 모두 강해졌기에 더 분발할 수 있었다. 1997년엔 홈런 · 타점 · 최다 안타 1위에 오르며 정규 시즌 MVP를 품에 안았다. 시상식 때에는 꿈인지 생시인지 분간이 되지 않았다. 지금까지 수없이 많은 상을 받았지만 가장 기억나는 상은 역시 1997년 MVP다. 정말 열심히 해서 받은 상이기 때문이다. 본래 내 목표는 그저 야구선수가 되는 것뿐이었다. 어린이 회원까지 할 정도로 좋아했던 삼성 라이온즈에 들어가서 1루수를 하고 싶었다. MVP 같은 건 꿈도 꾼 적 없었고, 스스로 그 정도 선수라고 생각했던 적도 없었다. 그런데 죽을 만큼 노력했더니 홈런 1위, 타점 1위를 하고 MVP까지 받게 되었다.

생애 첫 MVP 타이틀을 얻으면서 자신감이 더욱 커졌지만, 상을 받았다고 자만하지는 않았다. 그 상을 받으면서 한층 큰 폭으로 성장할 수 있었던 것 같다. '이제 나는 다했다'가 아니라 '이렇게 하니까 되는구나. 더 열심히 해서 아예 야구를 삼켜버려야겠다'라고 생각했다. 불안감은 더 이상 없었다. 어느 투수를 만나더라도 두렵지 않았다.

이후 내 주가는 수직 상승했다. 1999년 KBO리그 사상 최초로 50홈런 시대를 열었고, 2001년부터 2003년까지 3년 연속 홈런왕에 이름을 올렸다. 세계 최연소 300홈런을 달성했고, 지금은 깨졌지만 아시아 한 시즌 최다 홈런 신기록까지 세웠다.

모든 게 백인천 감독님의 칭찬과 지도 덕분이다. 감독님의 말씀대로 일본 무대에도 진출했다. 방망이 하나만 믿고 간 일본 생활은 만만치 않았지만 백인천 감독님의 조언으로 그나마 버텨냈던 것 같다. 일본 무대를 경험했던 감독님은 기술적인 조언뿐만 아니라 막내아들을 챙기듯 야구 외적인 부분까지 세심하게 챙겨주셨다. 그에 힘입어 일본 최고의 명문 구단인 요미우리 자이언츠의 4번 타자로 우뚝 섰다. 방송 해설가로도 활동하셨던 감독님은 내가 요미우리 자이언츠 이적 첫해 개막전 4번 타자로 나섰을 때 경기 해설을 위해 도쿄돔에 직접 오셨다. 감독님이 지켜보시는 가운데 나는 홈런을 날리고 수훈 선수가 되었다. 그날의 감격을 결코 잊을 수가 없다. 경기 후 만난 백인천 감독님이 나를 끌어안으며 말했다.

"승엽아, 네가 자랑스럽다."

더 나은 길을 찾아준 박흥식 코치님

박흥식 코치님(현 KIA 타이거즈 퓨처스 감독)과의 만남 또한 내겐 큰 행운이었다. 코치님은 아마추어 시절 최고의 선수로 각광받았다. 잘 치고 잘 던지는 야구 천재였다. 신일고 2학년 때는 전국체전 서울 예선 선린상고와의 결승전에서 노히트노런을 달성했고, 한양대 4학년 때 LA 올림픽 대표팀에 발탁되기도 했다. 박흥식 코치님은 늘 한결같은 큰형님 같았다. 서로 눈빛만 봐도 통한다고 할까. 그분과 나는 야구에 대한 고민뿐만 아니라 가슴속에 있는 개인적인 이야기를 모두 털어놓을 만큼 인간적인 신뢰가 두터운 사이였다. 때로는 막냇동생처럼 투정을 부려도 허허 웃으시며 다 받아주셔서 나는 '빵 코치님'이라고 불렀다. 그만큼 둘 사이는 각별했다.

코치님은 젊은 선수들의 마음을 잘 헤아려주는 스타일이다. 혈기왕성한 선수들이 야구에 흥미를 가질 수 있게끔 잘 챙겨주셨다. 나뿐만 아니라 또래 선수들도 유독 박흥식 코치님을 잘 따랐다. 야구장 안에서는 좋은 스승, 밖에서는 푸근한 동아리 선배 같은 이미지라고 보면 될 것 같다. 야구에 대한 지식도 해박하다. 시애틀 매리너스에서 지도자 연수를 받았던 박흥식 코치님은 선수들에게 메이저리그의 타격 노하우를 전수해주셨다. 일방적인 주입식 지도 대신 대화를 나누며 더 나은 방향을 함께 모색하셨다. 당시 코치님도 경산 볼파크 숙소에서 지냈는데, 야간 훈련을 할 때마다 하나하나 챙겨주셨던 게 아직도 기억난다. 그냥 쉬셔도 될 텐데 훈련이 끝날 때까지 티볼을 올려주는 정성을 보이셨다. 애정이 없다면 불가능한 일이다.

1997년 IMF 사태로 아버지의 사업이 많이 어려워지면서 나 또한 고민이 많았다. 도산 위기에 놓여 온 가족이 길바닥에 나앉게 됐는데 야구가 제대로 될 리 없었다. 자나 깨나 집안 걱정뿐이었다. 구단을 통해 대출 지원을 받을 계획도 했다. 막내아들을 위해 헌신하신 부모님과 형제들을 위해 내가 할 수 있는 게 무엇인지 계속 생각하다가 박흥식 코치님께 고민을 털어놓았다.

"승엽아, 네가 부모님과 집안을 도울 길은 하나다. 우리나라 최고의 타자가 되는 길이다. 연봉을 많이 받으면 경제적인 어려움을 극복할 수 있지 않을까."

코치님 말을 듣고 집안을 일으키겠다는 목표를 세웠다. 대한민국 최고의 타자가 되자고 작정했다. 진정한 노력은 결코 배반하지 않았다. 손바닥이 다 벗겨질 정도로 연습한 결과, 1999년 KBO리그 최초로 50홈런을 돌파하는 기록을 세울 수 있었다. 이 모든 게 박흥식 코치님 덕분이었다.

2004년 일본 무대 진출 이후 최고의 순간과 최악의 상황에 처했을 때도 코치님은 한결같은 마음으로 나를 믿어주셨다. 이후 나와 박흥식 코치님은 같은 유니폼을 입은 적이 없다. 그렇지만 마음은 항상 통했다. 유니폼 색깔은 중요하지 않다. 서로를 향한 진심만큼은 여전히 하나이다. 1년 만에 만나도 어제 만난 것 같다. 코치님과 나는 가족 이상의 관계다.

투지를 키워준 김성근 감독님

2004년 일본 언론은 KBO리그 최고의 홈런타자가 일본 무대에 진출했다고 대서특필했다. 인터뷰가 끊이지 않았고 기자들은 내 일거수일투족에 깊은 관심을 보였다. 그러나 큰 기대와는 달리 내 성적표는 초라했다. 타율 2할4푼(333타수 80안타) 14홈런 50타점 50득점. 그야말로 처참했다. 한국 야구의 자존심이 구겨지는 것 같았다. 구단 측에 한국인 코치가 필요하다고 요청했고, 재일동포 출신인 김성근 감독님이 타격 코디네이터로 부임하셨다.

"너, 머리부터 깎아."

일본 가고시마 캠프 첫날 정장 차림으로 오신 김성근 감독님께 인사를 꾸벅했더니 돌아온 한마디였다. 그 시절 노랗게 염색한 내 머리를 보고 정신이 해이하다고 여기신 것 같았다. 짧은 한마디였지만 울림이 컸다. 지옥의 문이 열린다는 걸 예고하는 복선과도 같았다. 그때부터 영화 〈아저씨〉에 나오는 원빈처럼 이발기를 사서 시즌 내내 직접 머리를 깎았다.

죽도록 연습했다. 아침에 눈을 뜬 뒤부터 밤에 잠들기 전까지 훈련만 했다고 해도 과언이 아니다. 강도 높은 훈련을 하면 흔히 '입에서 단내가 난다'고 하는데, 그 이상의 수준이었다. 누가 시켜서 그렇게 열심히 훈련한 건 처음이었다. 하루도 빠짐없이 했다. 너무 힘들어서 3주 동안 입도 뻥긋 못 하고 방망이만 휘둘렀다. "안녕하십니까" "수고하셨습니다"는 인사가 전부였다. 이야기를 나눌 시간도, 상황도 아니었다. 쉬고 싶다고 쉴 수도 없었다. 내 몸이 내 몸이 아니었다.

정확히 어느 경기인지 기억나지 않지만, 홈런을 치는 등 팀 승리에 결정적인 활약을 한 적이 있었다. 모처럼 만족스러운 활약을 펼친 나는 동료들에게 한턱을 내기로 했다. 니시오카 츠요시를 비롯한 일부 선수들과 경기 후 식사를 약속했다. '오늘 하루는 이해해주시겠지' 하는 마음으로 김성근 감독님께 "감독님, 저 오늘 동료들과 식사하고 오겠습니다" 하고 말씀드렸다. 감독님의 표정이 싸늘해졌다. "안돼. 훈련해." 한마디로 끝이었다. 그땐 감독님이 너무 야속했다. 좋은 성과를 냈는데도 쉴 여지를 주지 않으시니. 나는 여느 때와 다름없이 방망이를 들고 스윙 200개를 한 번도 쉬지 않고 했다. "수고하셨습니다"라는 인사만 하고 방으로 돌아왔다. 동료들과 모처럼 즐거운 시간을 보내는가 싶었는데 정말 서운해서 오기를 부린 거였다.

그런 식으로 연습을 하다 보니 나도 모르게 독기가 오르기 시작했다. 때때로 나태해지기도 했던 예전 모습은 흔적 없이 사라졌다. 내 머릿속은 오로지 야구로만 가득 찼다. 훈련할 때마다 "하나 더"를 외치며 독기를 품었다. 김성근 감독님의 강훈련을 소화하니 방망이가 더욱 매서워졌다. 그 결과 2005년 9월 23일 센다이-미야기 스타디움에서 열린 도호쿠 라쿠텐 골든 이글스와의 원정 경기에서 8회 우중월(중견수와 우익수 사이를 넘어가는) 3점 홈런을 터뜨렸다. 8 대 2로 달아나는 홈런이었고, 일본 무대 진출 후 처음으로 30홈런 고지를 밟는 순간이었다.

경기가 끝나고 김성근 감독님이 나를 방으로 불렀다. 맥주 한 캔을 건네시며 "수고했다. 네가 한국 야구의 자존심을 살렸다"라고 말씀하셨다. 평소와는 백팔십도 다른 모습이었다. 칭찬에 인색했던 김성근 감독님이기에 감동이 더욱 컸다. 그날만큼은 감독님과 많은 대화를 나누면서 승리의 기쁨을 만끽했다. 그동안 서운했던 감정이 눈 녹듯 사라졌다.

김성근 감독님은 그라운드에서는 굉장히 엄격하고 강하지만 밖에서는 한없이 따뜻한 분이다. 나는 그날 홈런의 기세를 이어 일본시리즈 우승의 기쁨을 누리게 됐다. 우승을 기념한 하와이 여행 때 감독님이 나를 불렀다. 당시 감독님은 구단과 정식 코치 계약을 체결한 상태였는데, "내년에도 함께하자"고 하셨다. 나도 "이곳에서 1년 더 잘해서 좋은 대우를 받고 싶습니다"라고 화답했다.

그때 요미우리 자이언츠의 러브콜을 받았다. 플래툰 시스템 적용을 받는 지바 롯데와는 달리 요미우리에서는 내가 뛸 수 있는 기회가 훨씬 더 많았다. 결국 요미우리로 급선회하기로 마음먹었다. 김성근 감독님에게 요미우리 이적 계획을 말씀드렸더니, "네가 약속을 저버리면 한국 야구의 이미지가 나빠질 수 있다"고 걱정하셨다. 감독님

의 설득에도 나는 요미우리행을 선택할 수밖에 없었다. 야구에 목말라 있었기에 한 경기라도 더 뛸 수 있는 팀이 필요했다. 감독님은 마음이 넓은 분이다. 약속을 뒤로하고 다른 구단으로 이적을 한 내게 서운함을 품을 법도 한데, 내가 잘할 때면 직접 전화를 주셔서 "오늘 좋더라" 하고 칭찬하셨다. 이런 게 바로 제자를 향한 스승의 진심이구나 싶었다.

　김성근 감독님에 대한 평가는 엇갈린다. 외부에서 바라보면 혹사 논란, 팀 리빌딩 실패 등 부정적인 부분이 더 많을 수 있다. 하지만 누가 뭐라고 해도 나는 김성근 감독님을 진심으로 존경한다. 내겐 더없이 고마운 분이다. 일본 무대에서 무기력한 모습으로 무너질 뻔했던 나를 다시 일으켜주셨고, 야구의 소중함을, 그리고 독기를 일깨워주셨다.

오! 나의 고마운 스승님

앞서 언급한 분들 외에도 많은 스승들이 나를 키웠다. 요미우리 자이언츠 이적 후 우치다 준조 코치님과 이세 다카오 코치님의 도움도 많이 받았다. 우치다 코치님은 옆집 아저씨처럼 푸근한 스타일이었다. 단 한 번도 인상 찌푸린 모습을 본 적이 없다. 코치님의 지도는 새 팀에 적응하는 데 큰 도움이 되었다. 단점 보완보다 장점 극대화를 추구하는 지도 스타일이 인상적이었다. 늘 밝은 미소가 기억에 남는다. 내가 슬럼프에 빠질 때면 "승짱답게 하라. 난 항상 믿는다"며 나를 다독여주셨다.

이세 코치님과의 추억을 돌이키다 보니 한창 일본어 공부를 할 때 서툰 일본어로 코치님과 메모를 주고받았던 일이 생각난다. 메모지에 '코치님, 오늘도 감사합니다'라고 적으면, 코치님은 '승짱, 일본어 공부도 열심히 하네. 늘 노력하는 모습이 승짱의 가장 큰 매력'이라는 메모를 남겼다. 코치님과 좀 더 가까워지면서 진심을 나누고 싶은 마음에 일본어 공부를 더 열심히 했던 것 같다.

우치다 코치님과 이세 코치님. 두 분 다 정말 고마운 분들이다. 향후 지도자가 된다면 이분들처럼 해야겠다는 생각이 들 만큼.

일본 무대에서 뛰면서 바비 발렌타인(지바 롯데 마린스), 하라 다쓰노리(요미우리 자이언츠), 오카다 아키노부(오릭스 버팔로스) 등 세 분의 감독과 함께했다. 발렌타인 감독님과 하라 감독님에게도 고마운 마음이 있지만 오카다 감독님이 가장 기억에 남는다. 함께했던 시간은 가장 짧았지만 임팩트는 강했다. 전형적인 덕장德將 스타일인 오카다 감독님과의 만남은 나에게 아주 소중했다.

요미우리 자이언츠로부터 재계약 불가 통보를 받은 뒤 오릭스 버팔로스로부터 러브콜을 받았다. 구단 관계자는 "오카다 감독님께서 이승엽 선수와 함께하길 원한다"고 했다. 어리둥절했다. 한신 타이거즈 감독 시절부터 나를 잘 아시는 분이었는데 무너진 내게 손을 내밀어주시니 고마울 따름이었다. 한편으로는 나의 장점에 대해 잘 아시는 만큼 그분과의 만남이 명예 회복을 위한 좋은 기회가 될 것 같다는 예감도 들었다.

감독님은 개인 면담을 통해 "최근 2년간 경기 출장수도 적고 야구에 굶주리고 있는 것 같다. 40홈런 이상 터뜨리는 모습을 되찾을 필요가 있다. 명예 회복을 할 수 있도록 지원을 아끼지 않겠다"라고 이야기하셨다. 정말 든든했다.

잘해야 한다는 마음은 강했지만 뜻대로 되지 않았다. 하지만 오카다 감독님은 늘 "괜찮으니 마음 편히 하라"고 하셨다. 캠프 첫날부터 정규 시즌 마지막 경기까지 한결같은 모습으로 대해주셨다. 성적에 일희일비하지 말고, 타격감이 좋지 않을 때는 홈런 아니면 삼진이라는 마음으로 자신 있게 휘두르라고 주문했다.

2군에 가기 전에 복귀 시점을 미리 정해주기도 했다. "많은 시간을 주진 못하겠다"고 하셨지만 그렇게 배려해주는 마음이 정말 고마웠다. 내가 감독이라면 그렇게 할 수 있었을까?

아쉽게도 2년 계약을 채우지 못했기에 오카다 감독님에 대해서는 고마움과 미안함이 공존한다. 감독님은 삼성 복귀를 앞둔 내게 "오랫동안 함께하고 싶었는데 아쉽다. 어딜 가든 항상 즐거운 마음으로 플레이하기 바란다"고 작별 인사를 하셨다. 일본 무대의 마지막 시즌에 오릭스에서 뛰며 오카다 감독님과 함께했던 것은 나에게 큰 영광이었다. 내게 그렇게 도움을 주시려고 했는데 그 기대에 부응하지 못해 미안했다. 오카다 감독님의 따뜻한 진심과 배려는 내 기억 속에 영원히 남아 있을 것 같다.

스윙이나 한 번 더! 요시히코 코치님

지바 롯데 마린스 시절 다카하시 요시히코 코치님의 일침은 결코 잊을 수 없다. 단내 나는 훈련으로 유명한 다카하시 코치님은 내게 투지가 무엇인지 알려주신 분이다. 일본 무대 진출 첫해에 나는 타석에서 삼진이나 범타로 물러나면 더그아웃에 들어와 얼굴을 감싸고 생각하는 횟수가 잦았다. 잘하고 싶은 마음은 굴뚝같은데 뜻대로 되지 않으니, 나도 모르게 그런 모습이 나왔다. 그 모습을 지켜보던 다카하시 코치님이 비아냥처럼 한마디 던졌다.

"그렇게 생각할 시간 있으면 뒤에 가서 스윙이나 한 번 더 하고 와."

망치로 머리를 맞은 기분이었다. 다카하시 코치님의 한마디에 나는 생각 대신 스윙을 했다. "시작하지 않으면 아무것도 시작되지 않는다"라는 말처럼, 생각만 하지 말고 실천에 옮기는 게 더 낫다는 걸 그때 느꼈다. 타자라면 주저앉아 생각에 빠지기보다는 스윙을 한 번 더 하는 게 낫다.

당시 코치님은 타격이 아닌 주루 담당 코치였다. 주루 코치가 타격 지도를 하는 건 명백한 월권행위다. 담당 코치가 알면 정말 난리가 날 일이다. 그런데도 코치님은 팀 훈련을 앞두고 야구장 불펜에서 남몰래 타격 지도를 해주셨다. 나는 불펜에 있는 카메라를 큰 수건으로 가려놓고 쉴 새 없이 방망이를 휘둘렀다. 현역 시절 연속경기 안타 기록을 세우는 등 타격 능력이 탁월했던 코치님은 나를 위해 정말 많은 노력을 쏟아부었다. 말은 차갑게 해도 나를 향한 마음은 따뜻했다. 다카하시 요시히코 코치님 외에 타격 파트 코치님, 그리고 김성근 감독님까지, 그야말로 훈련의 연속이었다. 강훈련의 열매는 달콤했다.

지바 롯데 마린스에서 김성근 감독님과 다카하시 요시히코 코치님을 만난 건 엄청난 행운이었다. 두 분 모두 내 몸과 마음을 두루 강하게 만들어주신 분들이다. 특히 과거보다 미래를 중시하는 다카하시 코치님의 주문은 새로운 마음가짐의 밑바탕이 됐다.

요미우리 자이언츠 입단식을 마친 뒤 다카하시 코치님께 전화를 걸었다. 내게 각별한 정을 주셨다는 걸 잘 알기에 마음이 편치 않았다. "팀을 떠나게 돼 죄송합니다" 하고 조심스럽게 말씀드렸다. 코치님의 반응은 의외로 쿨했다. "네 앞길은 너 스스로 결정하는 거다. 신경 쓰지 마라. 새 팀에 갔으니 열심히 해서 좋은 결과를 얻도록 해." 정말 지바 롯데는 정이 많은 팀이라는 것을 실감했다. 옛 스승과 동료에게 부끄럽지 않게 요미우리에 가서도 잘 해야겠다고 다짐했다.

요미우리 이적 후에도 다카하시 요시히코 코치님의 도움을 받았다. 이제 와서야 할 수 있는 이야기지만, 지바 롯데 마린스와의 교류전 때 코치님을 찾아가 타격 지도를 받기도 했다. 적군인데도 열정적으로 가르쳐주신 코치님께 다시 한 번 감사드린다.

야구인의 자세를
새로 배운 요미우리 자이언츠

야구선수는 스포트라이트를 한 몸에 받는 만큼 행동 하나하나에 신경을 써야 한다. 요미우리 자이언츠에서 뛰면서 행동의 중요성에 대해 많이 배웠다. 요미우리 자이언츠 하면 점잖은 이미지가 강하다. 요미우리 자이언츠 선수들은 항상 용모를 단정하게 해야 하고 머리도 길게 기르지 못한다. 신인 선수의 경우 야구에만 집중할 수 있도록 SNS 및 흡연 금지 등 제약도 많다. 경기 중에 껌을 씹어서도 안 된다. 이를 위반할 경우 벌금도 있다.

요미우리 시절 구단 직원으로부터 "대기 타석에서 침 뱉는 행동을 삼가달라"는 요청을 받았다. 한국에서 뛸 때 침을 뱉는 건 예삿일이었기에 프로 선수에게 너무 간섭한다는 생각이 들었다. 그라운드에서 프로 선수로서 최상의 실력을 발휘하면 되는 것이지 개성마저 제약하는 건 좀 아니다 싶었다. 그렇다고 내가 톡톡 튀는 스타일도 아닌데 말이다. 언젠가 무라타 신이치 코치님께 "너무 제약이 많은 게 아니냐"고 푸념 아닌 푸념을 늘어놓은 적이 있었다. 코치님은

이렇게 대답했다.

"요미우리 자이언츠는 일본 최고의 인기 구단이고, 그만큼 팬들도 많아. 선수 개개인이 무심코 하는 행동이 팬들에게 엄청난 영향을 미칠 수 있으니 야구장 안팎에서 용모 단정한 모습을 보여줘야 해. 특히 어린이들이 보고 있기 때문에 행동 하나하나에 신경을 써야 하지." 코치님의 이야기를 듣고 나서 '아, 이게 정답이구나' 싶었다. 그때부터 나도 용모와 언행에 더 많은 신경을 썼다.

요즘 아마추어 선수들을 보면 벌써 프로 선수가 된 것 같다는 인상을 받을 때가 있다. 시대가 많이 바뀌었다고는 하지만 아마추어 선수들의 그런 모습에서 아쉬움을 느끼기도 한다. 프로 선수들의 효율적인 투구 폼이나 타격 자세를 배우고 성공하기까지 노력하는 과정과 자기 관리를 배우는 데 더 마음을 썼으면 좋겠다.

값비싼 장비를 쓰고 멋진 고글을 착용한다고 프로 선수가 되는 건 아니다. 그건 그저 겉멋일 뿐이다. 프로 선수들은 그 자리를 유지하기 위해 아마추어 때보다 더 열심히 연습한다. 겉멋을 부린다고 프로가 되지 않는다.

비싼 장비에 눈을 돌리거나 할 시간이 있다면 공을 한 번 더 던지고 배트를 한 번 더 휘둘러야 한다. 그래야 프로가 될 수 있다.

정신 번쩍! 라이벌

　많은 분들이 내게 정상에서도 흔들리거나 방심하지 않고 최고의 자리를 유지했다고 말한다. 하지만 늘 빈틈없이 내 자리를 지켰던 건 아니다. 1997년에 처음 MVP에 오르며 최고의 자리에 올라섰지만 이듬해엔 지켜내지 못했다. 1999년에 다시 MVP가 됐지만 2000년에는 박경완 선배에게 MVP를 뺏겼다. 2001년 MVP는 그다지 좋은 성적이 아니었음에도 2차 투표까지 가는 행운이 더해져 받은 거라 사실 부끄러운 상이다. 내가 최고라고 자만하고 여유를 부리기도 하지 않았나 싶어 지금도 반성을 하게 된다.

　그래도 크게 추락하지 않았던 건, 내가 조금이라도 풀어지려 할 때마다 정신 차리게 해준 라이벌들의 존재 덕분이었다. 꼭 이겨야 한다는 목표를 만들어준 선수들이 있었기에 다시 한 번 치고 올라갈 수 있는 동력이 생겼던 것 같다.

　내 생애 첫 라이벌 김승관(현 롯데 자이언츠 1군 타격 코치)을 처음 만난 건 고등학교 때였다. 승관이는 대구상고를 다녔고 나는 경북고를 다녔다. 두 학교는 영원한 라이벌이었는데, 나와 승관이는 두 학교를 대표하는 선수였다. 투수로서나 타자로서나 마찬가지였다. 고등학교를 다닐 땐 승관이가 나를 앞서 있었다. 2학년 때 두 학교가 전국 대회에서 한 번씩 우승을 나눠 가졌는데, 첫 대회에서 대구상고가 우승을 해서인지 나는 승관이가 더 앞서나간다는 느낌을 받았다.

우리가 제대로 맞붙게 된 건 프로에 입단한 뒤부터다. 둘 다 대학 진학을 포기하고 프로에 입단하면서 승관이와 나는 한 팀에서 뛰게 됐다. 그때 내가 투수에서 타자로 전향을 하면서, 다시 한 번 피할 수 없는 라이벌 관계가 됐다. 나도, 승관이도 1루수였기 때문이다. 둘 중 한 명만 1군에 올라갈 수 있었다. 상대를 이겨야만 살아남을 수 있는 운명이었다.

둘 사이가 정말 좋아서 더 힘든 싸움이었다. 싸움의 승자는 나였는데, 경쟁에서 이길 수 있었던 데에는 운도 어느 정도 작용했던 것 같다. 나는 좌타자라는 이점에다 무엇보다 공을 잘 맞히는 재주가 있었다. 좀 더 기본에 충실했다고 할까. 승관이를 이겨야 한다는 사실이 마음을 무겁게 하기도 했지만 어쩔 수 없는 일이었다. 어떻게든 안타를 쳐야 한 번이라도 더 기회를 얻을 수 있던 시절이었다. 사실 파워만 놓고 보면 승관이가 나보다 나았다. 다만 승관이는 다소 거친 면이 있었다. 꾸준하게 기회가 있었다면 그 힘을 다 보여줄 수 있었을 텐데, 내게 막혀 그러질 못했다.

승관이가 얼마나 힘들었을까 생각하면 지금도 미안하다. 승관이도 1군에서 자신의 야구를 보여주고 싶은 마음이 간절했을 텐데,

나 때문에 오랫동안 기회를 얻지 못했다. 그러나 승관이는 그런 힘듦을 내 앞에서 한 번도 내색하지 않았다. 오히려 승관이는 내게 큰 힘을 주었다. 고민과 걱정거리를 귀 기울여 들어주고 늘 따뜻한 조언까지 해줬다. 지금의 내가 있기까지 승관이의 역할은 참 컸다. 승관이는 나의 큰 위로였다. 지난 은퇴 투어 때 사직구장에서 승관이에게 기념 선물을 받을 때는 눈물을 참느라 무척 힘들었다. 언젠가 다시 함께 야구하는 날이 왔으면 좋겠다.

두 번째 라이벌은 타이론 우즈 선수다. 우즈가 있었기 때문에 내가 한 단계 업그레이드 될 수 있었다는 건 부인할 수 없는 사실이다. 우즈는 전반기까지 그다지 인상적인 선수가 아니었다. '공갈포'라 불릴 정도로 업다운이 심했다. 당시만 해도 외국인 타자들이 전반적으로 부진했기 때문에 우즈를 의식하거나 신경 쓸 이유가 없었다. 1997년 전반기까지 나는 여유 있게 홈런 1위를 달렸다. 홈런왕 2연패가 당연하게 느껴졌다.

하지만 후반기가 되면서 분위기가 완전히 달라졌다. 우즈의 추격이 거셌다. 정말 놀랄 정도의 스피드로 홈런 숫자를 늘려갔다. 우즈에게 지면 안 된다는 마음이 공포로 자라났다. 나는 꿈에 우즈가 나올 정도로 큰 스트레스를 받았다. 지금도 멘탈이 강한 편은 아니지만 그땐 지금보다 더 약했다. 우즈의 추격이 내 타격에까지 영향을 미쳤고, 결국 역전을 허용하고 말았다. 그때 홈런왕을 지켜냈다면 내가 다시 MVP를 받았을 것이다. 나는 많은 것을 우즈에게 빼앗겼다.

우즈는 나를 더 독한 연습벌레로 만들었다. 어떻게든 우즈만은

이기겠다는 마음으로 겨울 동안 정말 열심히 노력했다. 내 생애에서 가장 열심히 한 시간이 아닐까 싶을 만큼 훈련을 많이 했다. 그 결과가 54홈런으로 나타났다. 당시만 해도 50홈런은 꿈의 숫자였다. 40홈런을 넘는 것도 기적에 가까운 일이었다. 우즈를 이긴 것을 넘어 54개의 홈런을 친 나는 아시아 신기록인 56홈런에도 도전해볼 수 있다는 자신감을 얻게 됐다. 그리고 2003년에 도전에 성공했다. 54홈런을 쳤을 때 얻은 자신감이 아시아 신기록이라는 큰 선물로 돌아온 것이라고 할 수 있다.

마지막 라이벌은 심정수 선배다. 심정수 선배와는 2002년에 홈런왕 경쟁을 펼쳤다. 당시 한 개 차이로 내가 홈런왕이 됐는데, 사실은 공동 홈런왕으로 끝날 수도 있었다. 시즌 최종전에서 우리가 연장 승부에 들어가며 나에게 타석 기회가 돌아왔고, 그 찬스에서 홈런을 치며 1위(47개)에 올랐다. 그만큼 심정수 선배와는 치열하게 경쟁했다고 할 수 있다. 심정수 선배는 54홈런 이후 교만해질 수 있었던 시기에 등장해 나를 분발케 한 라이벌이었다. 2003년 심정수 선배는 정말 최고의 페이스 메이커였다. 내가 좀 앞서나간다 싶으면 금방 추격을 해왔고, 난 그 추격을 뿌리치기 위해 더 노력을 해야 했다. 심정수 선배가 치면 나도 치고 싶다는 마음이 강해졌다. 1998년 우즈에게 역전당한 아픈 경험이 있었기 때문에 이 해의 추격전에서는 한결 여유를 갖고 시즌을 치를 수 있었다.

당시 기억에 남는 건 서로의 홈구장에 대한 논쟁이었다. 삼성 홈구장인 대구구장이 상대적으로 작았기 때문에 내가 이득을 보고 있다는 논란이 있었다. 하지만 홈구장 크기가 작아서 내가 홈런을 많이 쳤다는 주장에는 동의하기 어렵다. 프로는 기록으로 말한다. 구장 크기가 작아서 많은 홈런을 칠 수 있었다는 건 말 만들기 좋아하는 사람들의 이야기일 뿐이다. 홈런은 결코 구장을 가리지 않는다. 내가 가장 넓은 잠실구장을 홈으로 썼다면 홈런을 많이 못 쳤을까? 반대로 도원구장(인천 도원동에 있던 숭의야구장. 2008년에 철거되었다)처럼 더 작은 구장이었다면 60홈런을 넘겼을까? 야구를 해본 사람들은 다 알 것이다.

좋은 지도자란

　　시즌이 끝난 뒤 초등학교 야구부나 리틀 야구팀에 재능기부를 하는 일이 종종 있었다. 보통은 아마추어 지도자로 활동 중인 선후배들의 요청을 받아 하게 되는데, 야구 꿈나무들을 가르치면서 배우는 게 더 많았다. 내 가르침을 하나라도 더 주워담으려는 열정들이 인상적이었다. 아이들과 함께 어울리면서, 내가 처음 야구할 때 모습이 떠올라 어린 시절로 돌아간 듯 즐거웠다. 아이들을 통해 제대로 힐링한 셈이다.

　　아이들마다 체격, 능력, 성격 등 모든 것이 다르다. 그렇기에 사소한 한마디에 누구는 큰 힘을 얻지만 누구는 깊은 상처를 받을 수도 있다. 그래서 아이들을 가르칠 때 단점을 지적하기보다는 장점을 말해주며 야구에 대한 흥미를 느끼게끔 했다. 두 아이의 아버지이기에 지도자보다는 아버지의 마음으로 아이들에게 다가갔다. 아이들이 즐거워하는 모습을 보면서 이 맛에 지도자를 하는구나 싶었다. 그래서 누군가를 가르치는 게 결코 쉽지 않지만 가치 있는 일이라고 하나 보다.

내가 지도자가 된다면 어떤 모습일까 혼자 상상해봤다. 선수와의 소통과 신뢰를 가장 중요하게 여길 것 같다. 인간적인 신뢰가 없다면 기술 지도도 할 수 없다. 사회생활에서도 마찬가지라고 본다.

스프링캠프는 한 해 농사의 시작과 같다. 장기 레이스를 소화하기 위해 체력을 키우고 전술을 익히는 중요한 과정이다. 한 해의 성적이 스프링캠프에 달려 있다고 해도 과언이 아니다. 그렇기에 준비 과정이 철저해야 한다.

훈련 강도를 높이고 선수들이 느슨해지지 않도록 분위기를 조성하는 게 옳다. 자칫 부상이 발생할 수도 있기 때문에 긴장을 풀어서는 안 된다. 순간의 방심이 화를 부른다. 철저한 준비 과정을 거친 선수들이 정규 시즌에서 최상의 기량을 발휘할 수 있도록 돕는 게 지도자의 역할이자 의무이다.

선수들은 저마다 유형이 다르다. 이대호처럼 큰 체구에서 나오는 파괴력이 뛰어난 선수가 있는 반면, 이용규처럼 작은 체구에 발 빠른 선수도 있다. 타격은 약해도 수비와 주루에 강점을 보이는 선수가 있는가 하면, 방망이 하나만큼은 팀 내 중심타자 못지않은 선수도 있다. 한 소대 안에 소총수, 유탄수, 기관총 사수 등이 있어야 하듯이, 야구팀에도 저마다 제 역할이 있다. 각자 맡은 역할에서 능력을 십분 발휘할 수 있도록 하는 게 지도자의 할 일이다.

언젠가 류중일 감독님이 취재진과 만난 자리에서 "이대호 아홉 명과 이대형 아홉 명이 있다. 당신이 감독이라면 어떤 팀을 선택하겠느냐"하는 화두를 던진 일이 있었다. 지도자마다 추구하는 야구 스타일이 다르기에 어느 쪽이 정답이라고 하기는 어렵다. 선수 개개인이 자신의 장점을 살리고 주어진 역할을 해낼 수 있도록 선발 라인업을 구성하는 게 정답의 근사치 아닐까.

내가 감독이 된다면 야구선수로서 해서는 안 될 행동을 할 경우에는 절대 좌시하지 않을 것이다. 나는 외부에 비친 모습과는 달리 맺고 끊는 게 확실한 편이다. 한 번 아니면 끝이라고 할 만큼 냉정하다. 제아무리 실력이 뛰어나더라도 프로 선수로서 도를 넘는다면 가차 없이 기회를 박탈해야 한다고 생각한다.

눈앞의 성적만 생각한다면 실력이 뛰어난 선수를 기용하는 게 맞다. 하지만 내 생각은 다르다. 그런 선수를 그대로 두면 선수단 기강이 걷잡을 수 없이 무너질 수 있다. 실제로 그런 모습을 많이 봤다. 잘못을 저질러도 전력에서 차지하는 비중이 크다는 이유로 감싸준다면 모든 선수들이 '역시 야구만 잘하면 그만이다' 혹은 '야구 잘하는 선수만 챙긴다'는 생각을 갖게 된다. 선수단 내부에 균열이 생기기 아주 좋은 환경이다.

일본 무대 진출 전까지 2군으로 내려간 적이 없었던 나는 2군 선수들의 설움을 잘 몰랐다. 일본에서 쓴맛을 본 뒤 2군 선수들을 바라보는 시선이 달라졌다. 악착같이 열심히 하는 선수들에게는 반드시 기회를 주어야 한다고 생각한다.

땀의 진실을 아는 선수들이 성공해야 팀이 강해진다. 열심히 노력하는 사람만이 성공할 수 있다는 것은 야구에만 해당하는 얘기가

아닐 것이다. 열심히 노력한 2군 선수가 1군으로 올라와 좋은 모습을 보여준다면 모든 2군 선수들에게도 꿈과 희망을 심어줄 수 있다. 육성선수 출신 선수들의 활약이 더욱 빛나는 이유도 이 때문이다. 요즘 금수저, 흙수저라는 표현을 자주 쓰는데, 흙수저도 열심히 노력하면 최고의 자리에 오를 수 있다. 적어도 스포츠 세계는 노력하는 만큼 성과를 얻을 수 있는 곳이었으면 좋겠다. 그런 정의를 보여주고 싶은 게 내 마음이다.

"스타플레이어라는 경력이 지도자로서 성공을 보장하지 않는다"는 말을 자주 들었다. 지금껏 스타 출신 지도자 가운데 실패한 경우가 많아서다. 나는 결과론에 불과하다고 본다. 좋은 지도자라면, 적어도 선수들에게 "이것도 못하냐" 하는 식의 이야기는 하지 말아야 한다. 앞서 말했듯이 나는 일본 무대에서 뛰면서 성공과 실패를 모두 경험했다. 실패를 통해 배우는 게 많다는 걸 피부로 느꼈다. 지도자라면 젊은 선수들을 가르치는 게 마음대로 되지 않는 현실을 당연한 일로 받아들여야 한다. 처음부터 잘하면 슈퍼맨이지 인간이 아니다.

나라고 늘 잘했던 것도 아니다. 100번 나가서 100번 모두 안타나 홈런을 친 게 아니니까. 타격감이 좋지 않을 때는 20타수 연속 무안타를 기록한 적도 있었다. 타격은 열 번 중에 세 번만 성공해도 최고라는 평가를 받는다. 실패 횟수를 줄일 수 있도록 돕는 것이 지도자의 역할 아닐까.

지도자의 권위를 내세워서도 안 된다. 과거는 과거일 뿐이다. 야구장에서는 스무 살이든 마흔 살이든 다 똑같다. 같은 선상에서 경쟁

하는 게 당연하다. 경쟁 구도가 형성돼야 팀이 강해진다. 모든 선수들을 동등하게 대함으로써 각자가 그라운드에서 자신의 기량을 최대한 쏟아부을 수 있도록 돕는 것이 지도자의 역할이다.

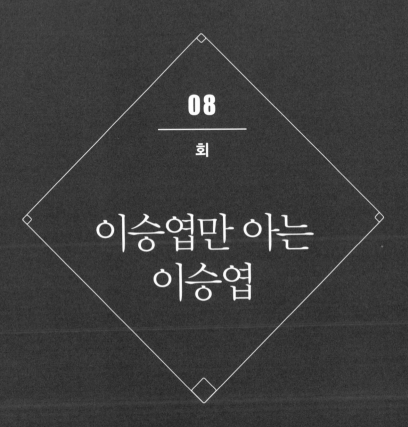

08
회

이승엽만 아는
이승엽

SEUNG YUOP LEE

그만두고 싶었다

　　내 야구 인생에서 최대의 고비는 2008년 이후 일본에서 선수 생활을 할 때가 아니었을까 싶다. 당시 나는 처음으로 야구를 그만둬야겠다는 생각까지 했다. 내게 일본 프로야구는 최고의 영광과 최악의 절망을 동시에 안겨준 무대였다. 변명 같지만 모든 문제의 시발점은 부상이었다. 나는 2003 시즌이 끝난 뒤 일본 진출(지바 롯데)을 선언했다. 연봉 2억 엔의 파격적인 조건이었다. 당시 지바 롯데에서 2억 엔이 넘는 선수는 고바야시 히로유키가 유일했다. 나의 연봉 액수 때문에 팀 분위기가 흔들렸다는 설이 있을 정도였다.

　　당시 지바 롯데의 수장은 메이저리그 출신인 바비 발렌타인 감독이었다. 모두들 일본 프로야구의 엄격한 분위기와 달리 자유로운 분위기를 만들어줄 감독을 만난 게 플러스 요인이 될 것이라고 예상했다. 아무래도 치밀한 일본인 감독보다는 선이 굵은 메이저리그 출신 감독을 만나는 게 좋을 것 같았다. 출발은 무척 좋았다. 발렌타인 감독은 내게 매우 친절했다. "인공위성까지 타구를 날릴 선수"라는 과장 섞인 극찬으로 나를 반겼다. 다소 애매해진 포지션 문제도 큰 지장이 없을 것이라고 장담했다. 나는 그 말을 그대로 믿었다.

하지만 그 믿음은 큰 오산이었다. 철저한 플래툰 시스템 신봉자였던 발렌타인 감독은 시즌 초반 내 성적이 부진하자 나를 플래툰 시스템에 가둬두고 내게 멀티 포지션을 원했다. 플래툰 시스템에 갇혀 있는 메이저리거들도 대부분 멀티 포지션을 소화해야 한다. 그리하여 오랫동안 1루수만 해왔던 나에게 외야수 겸업이 요구되었다. 외야수로 뛰어본 경험이 있긴 했지만 아무래도 내게 맞는 포지션은 1루수였다.

그렇게 정신없이 1년이 지나갔다. 나는 고작 열네 개의 홈런을 치는 데 그쳤다. 이를 악물었다. 살아남기 위해 플래툰 시스템을 받아들였다. 외야수 훈련도 시작했다. 외야수로라도 경기에 나설 수 있다면 그렇게라도 하고 싶었다.

외야수용 글러브를 따로 구해 훈련을 시작했다. 새로운 도전이라는 점에서는 의미가 있었지만 결국 이 시도는 화를 불렀다. 발렌타인 감독은 평고(수비 훈련을 위해 코치가 쳐주는 연습 타구) 훈련에 회의적이었다. 라이브 볼을 받는 것이 아니고선 의미가 없다며 따로 수비 훈련 시간을 주지 않았다. 나는 어쩔 수 없이 나의 타격 훈련이 끝난 뒤 동료들의 타격 훈련 때 외야로 나가 공을 잡는 수밖에 없었다. 그러다가 문제가 생겼다. 공을 잡으러 뒤로 물러서다 펜스에 부딪히면서 손가락 부상을 당한 것이다. 통증은 참을 만했다. 사실 명예 회복을 위해선 아플 틈도 없었다.

그때부터 손가락 통증을 참고 플레이를 했다. 다행히 결과는 좋았다. 그해에 30홈런을 치며 홈런타자로서 명성을 되찾았다. 그 덕에 요미우리로 이적도 할 수 있었다. 사실 지바 롯데에 남았다면 좀 더 좋은 대우를 받을 수 있었다. 하지만 발렌타인 감독 밑에선 플래툰 시스템을 벗어나기 힘들다는 걸 알고 있었기에 다른 선택을 할 수밖에 없었다.

나와의 싸움

요미우리 자이언츠는 일본 프로야구 최고의 팀이자 최고의 스타플레이어들이 모인 팀이다. 그런 팀에서 경쟁을 해야 한다는 건 결코 쉬운 일이 아니었다. 하지만 편견에 갇혀 기량을 제대로 펼치지 못하는 것보다는 백지 상태에서 나의 진짜 실력을 평가받고 싶었다. 나는 연봉이 깎이는 것을 감수하고 요미우리 이적을 택했다.

2006년 요미우리로 이적 후 최고의 성과를 냈다. 첫해에 4번 타자를 맡아 팀 내 최다인 41홈런을 쳤다. 하지만 손가락 통증은 점차 심해졌다. 2007년 시즌에도 통증을 참아가며 30개의 홈런을 쳤지만 부상이 한층 심해지면서 만성통증으로 이어졌다. 지금까지 나는 한 번도 "부상이 부진의 이유가 됐다"고 말한 적은 없다. 하지만 통증이 내 발목을 잡았던 것은 부정할 수 없는 사실이다.

물론 오릭스에서의 부진은 마음의 병이 더 컸기 때문이다. 한국으로 돌아가고 싶은 마음이 컸지만 돌아갈 곳이 없다 보니 마음 둘 곳을 찾지 못했다. 만약 한국에서 부진으로 인한 위기를 맞았다면 '이제 마지막이 될 수 있겠다'라는 각오로 극복했을지도 모른다. 그런데 일본에 있는 내겐 한국이라는 기댈 언덕이 있었다. 오히려 그 언덕에 매달리다 보니 이겨내기가 더 힘들었다.

부진의 늪에 빠져 많은 것을 잃은 나는 한국에 가기도 어려운 처지가 되었다. 삼십대 중후반에 접어든 나이에 차가운 현실과 맞닥뜨렸다. 그 바람에 향수병을 얻었다. 일본에서 야구를 하고 있었으면서도 한국 야구 기사를 챙겨 봤다. 한국 생각이 정말 간절했고, 내 야구 인생의 끝을 고국에서 맺고 싶다는 생각이 날마다 머릿속을 채웠다. 하지만 돌아갈 곳이 없었다. 삼성 라이온즈에 내 자리가 없었기 때문이다. 팀 사정상 젊은 타자들로 세대교체를 추진하고 있던 상황에 내가 끼어들 염치가 없었다. 결국 요미우리를 떠나 오릭스와 2년 계약을 맺었다. 나는 그때 아내에게 진지하게 말했다.

"이제 야구는 여기서 끝이야. 2년 후엔 은퇴하겠어."

그런데 갑자기 변화가 생겼다. 삼성 라이온즈 사령탑이 류중일 감독님으로 바뀐 것이다. 감독님은 언론을 통해 언제든지 내가 돌아오길 기다리겠다고 말씀하셨다. 그때 얼마나 감사했는지 모른다. 그 후 1년은 어떻게 지나갔는지도 모른다. 오직 한국에 가고 싶다는 생각으로 꽉 차 있었기 때문이다. 오릭스에는 정말 미안한 부분이다.

한 시즌이 끝난 뒤 오릭스 구단을 찾아가 퇴단을 요청했다. 계약 기간이 남아 있었고 15억 원 정도의 적지 않은 금액이 보장돼 있었지만, 그래도 한국으로 돌아가고 싶은 마음이 더 컸다. 다행히 구단도 한국에서 은퇴하는 게 맞다며 나를 흔쾌히 놓아줬다. 내게 정

성을 기울여준 오릭스 관계자들에게 지금도 미안하고 고마운 마음을 갖고 있다.

여기서, 내가 왜 일본에서의 마지막 시기를 최악이라고 했는지 밝혀야 할 것 같다. 2008년 이후 일본에서의 나는 번번이 나 스스로에게 지고 있었다. 앞서 얘기한 것처럼 나는 오늘 할 일이 100개 있다면 무슨 일이 있어도 100개를 해치워야 하루를 끝마치는 성격이다. 평생을 그렇게 살았다. 그리고 나는 내 인생 최대의 라이벌을 나 자신이라고 생각해왔다. 이건 멋있어 보이려고 하는 말이 아니다. 나와의 싸움에서 이기지 못하면 다른 사람과의 승부에서도 이길 수 없다고 믿었기 때문이다. 어떻게든 그날의 목표를 채우고 집으로 돌아갔던 것도 나와의 싸움에서 이기기 위함이었다. 하지만 일본에선 그러지 못했다. 나에게 지는 날이 많았다. 향수병의 영향이었다. 훈련을 하면서도 한국에 가고 싶다는 생각만 했다.

모든 스포츠가 마찬가지지만, 야구도 결국 얼마나 열심히 하느냐에 따라 결과가 달라진다. 내가 일본에서 막판에 크게 부진했던 것은 부상보다도 나와의 승부에서 졌기 때문이다. 변명의 여지가 없는 나의 패배였다. 그래서 한국에 돌아와 더 열심히 나를 몰아붙였다. 어렵게 돌아온 만큼 최선을 다해 잘하고 싶었다. 다른 사람이 아닌 나 자신에게 한국으로 도망온 것이 아니라 한국에서 다시 제대로 해보기 위해 온 것임을 증명해야 했다.

남들보다 일찍 야구장에 나와 남들보다 늦게 돌아가는 일상이 시작됐다. 처음엔 쉽지 않았지만 어렵게 찾아온 기회를 놓쳐선 안 된다는 생각에 결국 이겨냈다. 그런 생활이 습관이 되다 보니 나중엔 더없이 편해졌다. 그제야 나와의 싸움이 끝났다. 나의 완승이었다.

한국 야구와 일본 야구

　　나는 2003년 시즌이 끝난 뒤 FA 자격을 얻어 일본 프로야구 지바 롯데 마린스로 진출했다. 말도 많고 탈도 많은 결정이었다. 앞에서도 말했지만 말리는 분들이 정말 많았다. 특히 지바 롯데가 유명한 팀이 아니라는 것이 만류의 중요한 이유가 되었다. 하지만 내 생각은 달랐다. 최고의 생활만 누리려고 하면 더 큰 경험을 놓칠 수 있다는 생각을 했다. 마지막까지 고민했지만 결국 내 선택은 일본 야구였다.

　　일본에서 8년을 뛰었다. 일본 프로야구 최고 명문 구단인 요미우리 자이언츠의 70대 4번 타자로 활약하며 일본 최고 연봉 선수에 오르는 기쁨을 누리기도 했다. 하지만 부상 이후 떨어진 성적 탓에 대한민국 '국민타자'의 명성에 어울리지 않는 대우를 받기도 했다. 일본에서의 야구는 내게 최고의 기쁨과 최악의 절망을 모두 안겨줬다. 그만큼 공부도 많이 되었다. 일본 야구에 대해선 나름 잘 알고 있다고 생각한다.

　　일본 야구계는 야구 선수에 대한 대우가 정말 좋다. 야구에만 집중할 수 있도록 많은 것을 지원해준다. 하지만 지원을 받은 만큼 성적을 내야 하기에 많이 힘든 것도 사실이다. 특히 나는 외국인 선수였기에 더욱더 성적에 얽매일 수밖에 없었다.

일본 야구는 정말 집요하다. 내가 몸 쪽에 약하면 계속 몸 쪽 공만 들어온다. 맞아도 좋다는 듯이 들어온다. 몸 쪽으로 들어오는 공이 많으면 물러나서 치면 되지 않느냐고 할지 모른다. 물론 조금씩 자연스럽게 물러나게 된다. 그럼 기다렸다는 듯이 바깥쪽으로 공이 온다. 그 공을 쫓아 다시 다가가면 바로 몸 쪽이 시작된다. 참으로 집요한 야구다. 내가 한국 사람이기 때문에 더 그랬다는 생각은 든다. 일본 투수들이 한국 선수에게만은 맞지 않겠다는 의지가 강했다는 느낌을 여러 차례 받았다. 이것은 승부욕에 관한 이야기일 뿐 내가 차별을 받았다는 뜻은 아니다.

지바 롯데 시절, 요미우리 자이언츠와의 교류전은 한국 선수에 대한 일본 선수들의 승부욕을 여실히 느낄 수 있는 경기였다. 당시 요미우리 투수는 일본을 대표하는 에이스 우에하라 고지였다. 그는 나를 상대로 집요하게 포크볼 승부를 했다. 내 기억엔 삼진을 세 개쯤 당한 것으로 기억한다. 하지만 우에하라는 그날 패전 투수가 됐다. 내게 지나치게 집중한 탓이었는지 다른 타자들을 상대할 때는 집중력이 많이 흔들리는 모습을 보였다.

일본 야구는 작전도 많다. 타자에 따라 수비 위치를 조정하고, 피치드 아웃pitched out도 자주 하는 등 익혀야 할 작전들이 셀 수 없을 정도였다. 공격에서도 사인이 많았다. 치고 받는 것만 알았던 내겐 값

진 경험이 되었다. 이런 상황에선 이런 공격 전략을 쓰고, 이럴 땐 이런 수비 위치를 가져가야겠다는 것들을 공부할 수 있었다. 일본 야구에서 얻은 경험은 앞으로 내가 야구인으로 살아가는 데 중요한 자양분이 되리라 생각한다.

일본 야구는 잘할 때와 못할 때의 온도 차이도 크다. 내가 외국인 선수였기 때문일 수도 있지만, 그런 점을 감안하더라도 차별이 심하다. 잘할 땐 정말 최고의 대우를 해준다. 모자란 것이 있을까봐 구단이 먼저 움직인다. 하라 다쓰노리 당시 요미우리 감독님도 그랬다.

나. 36. 이승엽

로비에서 손님을 만나고 있다가도 내가 지나가면 꼭 불러서 인사를 시켜줬다. 모두가 일본의 내로라하는 저명인사들이었다. 내가 컨디션이 좋지 않으면 언제든 교체해 주겠다며 배려를 아끼지 않았다. 너무 잘 챙겨주셔서 나중엔 통역을 통해 혹시 한국계가 아니시냐고 여쭤본 적도 있다. 그런 하라 감독님도 내 성적이 떨어지자 내게서 멀어졌다. 프로는 성적으로 말할 수밖에 없으니 애초에 기대한 게 잘못이었다.

혼자가 아니다

대표팀을 은퇴한 지 한참 됐지만 아직도 국가대표팀 경기 중계를 보다 보면 '기적의 8회'라는 말이 종종 들린다. 그럴 때마다 나도 모르게 몸에 힘이 들어가고 피가 끓는다. 그러나 그 영광의 홈런들은 절대 나 혼자만의 힘으로 만들어진 것이 아니다. 주위의 모든 바람들이 한순간에 모아지며 내게 힘을 주었기 때문에 가능한 것이었다. 이 점을 다시 한 번 분명히 하고 싶다.

2008년 베이징 올림픽이 열릴 당시 나는 최악의 슬럼프를 겪고 있었다. 손가락 부상 이후 흔들린 페이스를 찾지 못하고 있을 때였다. 요미우리에서도 2군으로 떨어져 있었다. 그래도 부름이 있다면 당연히 참가하려고 마음을 먹고 있었다. 태극마크라는 건 한국에서 20여 명 만이 누릴 수 있는 특권이다. 한국이 날 필요로 한다면 기꺼이 참가해서 최선을 다하는 것이 옳다고 늘 생각해왔다. 지금도 그렇게 믿고 있다.

나는 1994년 세계청소년대회 대표 선수였다. 당시 우승 멤버라

는 자부심을 아직도 갖고 있다. 태극마크에 대한 생각은 1994년이나 지금이나 달라진 것이 없다. 똑같다. 나라를 대표한다는 건 자부심 그 자체다. 올림픽에 나가서 플레이 한다는 건 영광 그 자체다. 나는 어떻게든 뽑히려고 노력해왔다. 뽑히기만 하면 무조건 가서 최선을 다해야 하는 곳. 국가대표팀은 내게 그런 곳이다.

후배들이 붙여준 별명 중에 '합법적인 병역 브로커'라는 표현이 있다. 국제대회마다 중요한 한 방을 쳐내며 대표팀을 승리로 이끄는 데 이바지했다는 뜻에서 붙여준 것이다. 물론 선수들이 병역 혜택을 목적으로 태극마크를 다는 것은 아니다.

나는 한국에서든 일본에서든 극적인 홈런을 여러 번 쳤다. 그런 면에서 나는 참 운이 좋은 선수였다. 내가 생각해도 사람들의 기억 속에 강하게 남는 한 방을 많이 쳤다. 그런 홈런들은 내가 치고 싶다고 칠 수 있는 게 아니다. 극적인 상황이 닥쳐야 하고, 마음 졸이는 장면이 연출돼야 한다. 그런 건 후배와 동료들이 만들어주는 것이다. 혼자 힘으로 만들 수 없는 일이다. 점수 차, 경기 일정, 심지어 경기 시간까지 모든 것이 받쳐줘야 한다. 즉 드라마가 만들어질 수 있는 환경이 조성돼야 하는 건데 그걸 어떻게 내 힘으로 하겠는가.

상대 투수의 도움(?)도 있어야 한다. 상대 투수가 완벽한 공을 던지면 못 칠 수밖에 없다. 특히 국제대회에서는 더욱 그렇다. 그런데 내겐 기운 같은 것이 있었던 것 같다. 내가 꼭 쳐야 하는 상황이 만들어졌고, 그때마다 상대 투수의 실투가 들어왔다. 정말이지 실력보다는 기운이 더 강하게 발휘된 게 아닌가 싶다. 상대도 뭔지 모를 기에 눌렸다고 생각한다. 여러 사람이 만들어준 상황, 노력, 그리고 바람은 언제 어딘가에서 누군가를 통해 기적으로 드러난다. 내가 만든 '기적'들은 절대 나 혼자만의 것이 아니다.

36번의 비밀

36번은 이제 영구결번이 되어 이승엽 고유 번호로 남았다. 그런데 사실 36번은 내가 원했던 번호가 아니었다. 27번으로 야구를 처음 시작했기 때문에 프로 입단할 때 27번을 원했으나 이미 다른 선배가 달고 있었다. 투수 출신이었던 나는 최동원 선배님의 11번도 원했었는데, 역시 다른 선배가 가지고 있었다. 신인 선수 가운데 가장 늦게 계약을 하는 바람에 선택의 여지가 없었다. 당시 남은 등번호는 단 두 개뿐이었고, 그중에서 앞 번호인 36번을 고를 수밖에 없었다.

36번을 오래 사용하고 싶은 마음은 없었다. 1, 2년 쓰다가 바꿀 생각이었다. 하지만 데뷔 2년차에 첫 3할 타율을 달성한 데 이어 3년차엔 정규 시즌 MVP에 오르면서 '아, 36번은 내 운명이구나' 하는 생각이 들었다. 그때부터 36번을 계속 쓰기로 했다. 일본 무대 진출 후 33번, 25번, 3번을 달기도 했지만 가장 애착이 가는 등번호는 역시 36번이다.

2000년대 초반부터 아마추어 선수 가운데 등번호 36번을 달고

뛰는 왼손 거포들이 부쩍 늘어났다. 프로 무대에서도 36번 왼손타자들이 자주 눈에 띈다. 나처럼 되겠다는 일념으로 36번을 사용한다면 내가 더 고마워해야 할 것 같다. 내게 36번은 행운을 부르는 부적과도 같은 숫자다.

구자욱도 2017년 아시아프로야구챔피언십(APBC) 대표팀에서 백넘버 36번을 달고 뛰었다. '삼성에서 존경하는 선배였던 이승엽의 백넘버를 단 것'이라고 인터뷰에서 말했는데, 그 전에 내게 허락을 구했었다. 내 등번호가 삼성에서는 영구결번이 됐으니 대표팀에서만 달 수 있는 번호다. 그것을 가장 아끼는 후배가 사용했으니, 큰 선물을 받은 것만 같았다. 그 경기를 내가 함께 뛰는 기분까지 들었다.

09
회

리 스타트

SEUNG YUOP LEE

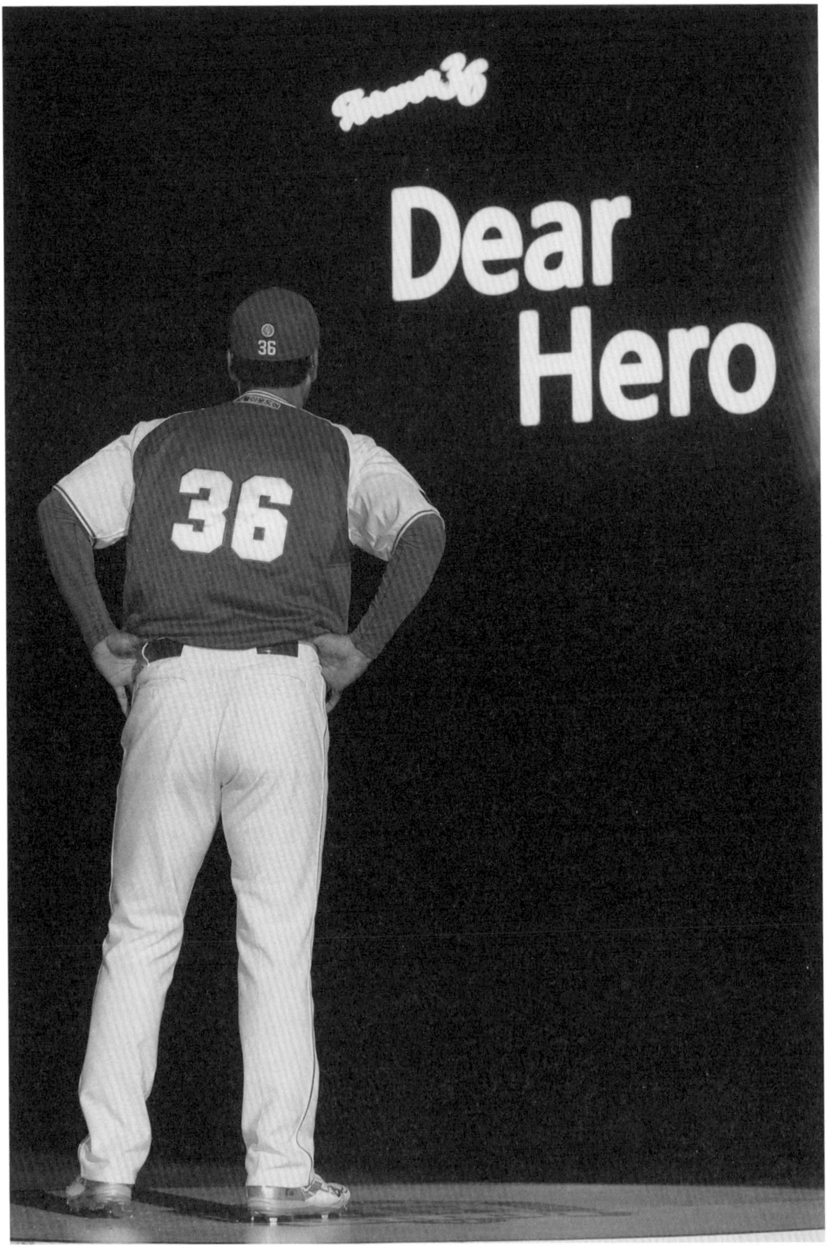
Dear
Hero
36

아름다운 이별

유시필종有始必終. 시작이 있으면 반드시 끝도 있다. 지금껏 선배들의 은퇴 과정을 보면서 매끄럽지 못한 모습도 종종 봤다. 프랜차이즈 스타가 떠날 때는 늘 진통이 있었다. 경기 실력이 떨어진 게 분명한데도 선수의 마음은 그렇지가 않다. 조금 더 기회가 주어진다면 마지막 불꽃을 피워 올릴 수 있을 것이라고 믿는다. 반면에 구단은 세대교체를 위해 은퇴를 종용한다. 이 과정에서 선수와 구단의 줄다리기가 이어진다. 결말은 대부분 먹먹한 새드엔딩이다.

선수 생활의 시작과 끝 모두 내가 선택해야 할 부분이다. 박수칠 때 떠나고 싶다고 말은 해도 이상과 현실의 차이는 크다. 그만큼 끝을 결정하기가 어렵다.

나는 어린 시절 야구를 시작하는 일부터 삼성 입단, 일본 무대 진출, 삼성 복귀 등 수많은 선택의 기로에 섰을 때 타의가 아닌 내 뜻으로 결정했다. 은퇴 또한 마찬가지였다. 타의에 떠밀려 그만두면 미련이 남을 것 같아서였다. 2015년 11월 28일. 삼성과 2년간 총액 36

억에 FA 계약을 체결했다. 36억 가운데 계약금은 16억 원, 연봉이 10억 원. 이 중에 3억 원은 현역 은퇴 이후 장학재단을 설립하는 데 사용하기로 했다. 사실 계약 기간(2년)은 아름다운 이별을 위한 준비 기간이었다. 2년 계약은 곧 2년 뒤 은퇴를 의미했다. 떠날 시점을 정해놓고 뛰면 매 경기가 더욱 소중하게 느껴질 것 같았다. 내가 계속 자리를 차지하고 있으면 구단도 난처할 것 같았다. 깔끔하게 2년 뒤 은퇴를 하겠다고 하면 구단도 다음 준비를 할 수 있고 나 또한 마음이 편할 것 같았다.

무엇보다 내가 그만두고 싶을 때 그만두고 싶었다. 누군가에게 등 떠밀려 그만두게 된다면 정말 비참할 것 같았다. 언론을 통해 은퇴 예고를 한 뒤, 주변 사람들로부터 좀 더 뛰어도 되지 않느냐는 이야기를 숱하게 들었다. 그러나 마음을 돌리지 않았다.

오랫동안 나는 박수칠 때 떠나려고, 아름다운 유종의 미를 거두려고 남몰래 생각해왔다.

'역시 이승엽은 보통 선수들과 격이 다르다'는 걸 보여주고 싶은 마음도 조금은 담겨 있었다. 정상의 자리에서 은퇴한다면 후배들에게도 좋은 본보기가 될 수 있었다. 은퇴는 약속이다. 프로에게는 약속을 지키는 일이 굉장히 중요하다. 많은 사람들에게 좋은 기억을 선사하고 떠나는 게 옳다.

예전에는 박수 치는데 왜 떠나야 하는지 의문을 품은 적도 있었다. 그러나 은퇴할 시점을 앞두고 보니 역시 내가 먼저 선택하는 게 옳다는 판단이 섰다. 남들이 나를 먼저 내치기 어려워하면 불편한 동거가 이어질 수 있다는 생각이 들었다. 그렇게 된다면 서로 부담만 될 것이다.

　삶은 만남과 이별의 연속이다. 아름다운 이별을 원했다. 어차피 내 인생이다. 내 선택에 후회하지 않으려고 한다. 은퇴는 최선의 선택이었다.

마지막 마음

현역 연장에 욕심을 부렸다면 쉬엄쉬엄 하면서도 억대 연봉을 받을 수 있었다. 하지만 그것은 절대로 프로 선수의 마음가짐이 아니다. 사랑하는 삼성 라이온즈가 더 발전하려면 내가 떠나야 했다. 눈앞의 성적만 놓고 본다면 내가 더 도움이 될 수도 있겠지만, 내가 계속 버틴다면 젊은 선수들이 성장할 수 있는 기회를 얻지 못한다. 젊은 선수들에게 희망을 주기 위해서라도 떠날 때를 알아야 한다. 팬들도 새 얼굴을 원한다. 이승엽은 그동안 너무 오래하지 않았나. 그렇기에 은퇴 번복은 단 한 번도 염두에 없었다.

은퇴를 선언하자 만나는 사람들마다 "은퇴 안 하면 안 됩니까" "정말 수고 많으셨습니다" "이승엽 선수의 플레이를 볼 수 있어 행복했습니다"라는 인사를 건넸다. 현역 유니폼을 입은 나의 모습을 더 이상 볼 수 없다는 것에 이렇게 아쉬워하는 사람들이 많았다니. 새삼 좀 더 열심히 하고 좀 더 일찍 한국에 왔으면 어땠을까 하는 생각이 들었다.

야구는 내가 좋아하는 일이었다. 내 기량이 퇴보해 은퇴를 강요 당한 게 아니라 후회는 없지만, 마음 한켠에 아쉬움은 남는다. 말로 표현하기 힘들 만큼. 좋은 기억을 남겨두고 떠나야 녹색 그라운드를 향한 그리움이 즐거울 것 같았다. 만신창이가 돼 은퇴를 하게 되면 야구가 싫어질 것 같았다. 난 여전히 야구가 좋다. 첫사랑을 만나는 느낌이랄까. 야구장에 올 때마다 설레는 마음은 변함이 없다.

돌이켜보면 난 정말 행복한 사람이다. 야구선수 중에 95퍼센트는 은퇴 경기도 못 하고 그라운드를 떠난다. 그런데 나는 KBO리그 선수 최초로 은퇴 투어를 하는 영광을 누렸다. 내가 마지막으로 방문하는 구장의 홈팀들이 나를 위해 커다란 선물과 세리머니를 마련해줬다. 메이저리그에서나 봤던 은퇴 투어의 주인공이 되고 보니 감회가 새로웠다. 승패에 따라 희비가 크게 엇갈리는 한국 프로야구에서 생각지도 못했던 선물이었다. 원정팀 관중들이 많은 격려를 해주고 함성을 질러주니 정말 고맙고 감사했다.

사실 각 구장마다 추억이 새겨져 있다. 그래서 은퇴 투어 행사가 열릴 때마다 예전 기억이 새록새록 떠올랐다. 구대성 선배만 만나면 고개를 떨구다가 마침내 첫 홈런을 때려냈던 대전구장, 데뷔 첫 안타를 때린 뒤 홈구장만큼 편안해진 잠실구장. 지금도 데뷔 첫 안타를 쳤을 때의 짜릿함은 말로 표현할 수가 없다. 데뷔 후 첫 홈런은 광주 구장에서 기록했다. 1호 홈런이 더 늦게 나왔다면 오늘의 나는 없었을지도 모른다. 내 56호 홈런을 잡겠다고 잠자리채를 들고 오셨던 사직구장의 1만 5천여 관중들도 많이 생각난다. 특히 사직구장에서는 늘 성적이 좋았던 기억이 있다. 첫 3연타석 홈런을 기록한 문학구장도 기억에 남는다. 삼성에서 함께 뒹굴었던 (박)석민이(현 NC 다이노스)와 마산구장에서 맞대결을 펼쳤을 때에는 정말 기분이 묘했다. 아무래도 아쉬움이 아니었나 싶다. 마지막으로, 지금껏 나를 있게 해준 대구시민야구장은 진한 그리움으로 남아 있다.

행복한 날

은퇴 경기 날은 지금껏 살아오는 동안 가장 슬픈 날이었다. 23년 동안 했던 야구를 앞으로 다시는 못 하게 되는 날이었으니까. 별다를 거 없는 날이라고 수없이 곱씹었지만 마음처럼 되지는 않았다. 아내한테 다녀온다고 말하는데, 마치 사형 선고를 받은 시한부 인생 같았다. 긴장해서 평소보다 더 일찍 야구장으로 갔다. 방송국 관계자가 내 차를 타고 동행했지만, 방송국에서 나를 촬영하고 있다는 생각은 내 머릿속에 없었다.

'이 길이 마지막 출근길이구나. 야구장에 있는 내 그림이 이제는 없어지겠구나. 내가 선수로서 여기에 올 일은 더 이상 없구나.'

이런 처량한 생각만 들었다.

정말 모든 게 마지막이었다. 몸을 씻던 샤워실, 내 물건들이 담겨 있던 라커룸도 마지막이었다. '마지막'이라는 단어에만 매이다 보니 매일 보던 라커룸 이름표에도 울컥했다. 이제는 라커룸에서 사라질 내 이름표를 찍어서 SNS에 올렸는데, 반응이 굉장히 뜨거웠다. 만

감이 교차했다. '이 라커룸을 누가 쓰게 될까?' 하는 궁금증도 피어 올랐다. 최근에 강민호 선수가 삼성 라이온즈에 입단했는데 아마 그 선수가 쓰면서 기운을 받지 않을까 싶다.

마지막 날이라고 마냥 울적해 있을 수는 없었다. 미리 야구장에 와서 기다려준 기자들과 일일이 인터뷰를 하고, 공식 기자회견도 치렀다. 야구공을 들고 와 사인을 부탁하는 상대편 선수들에게 밝은 얼굴로 사인도 해주었다. 그들은 설사 내가 다시 그라운드에 와서 야구를 한다고 해도 삼성 라이온즈 유니폼을 입은 이승엽은 마지막일 테니까 사인을 받는 거라고 했다. 이제 유니폼을 입을 일이 없다고 생각하니 기분이 너무나 이상했다.

경기 준비는 평소와 똑같이 하려고 했다. 그런데 자꾸만 긴장이 밀려왔다. 평소 긴장을 많이 하는 편이 아니었는데도 그날은 가만히 있을 수가 없었다. 이리저리 왔다갔다하면서 몸을 움직여야 했다. 홈런 한 방은 꼭 치고 싶은 마음 때문에 더 그랬다. 홈런으로 은퇴 경기를 장식하고 싶은 마음이 간절했다. 하지만 얼마 전에 목 쪽에 심한 염증이 생겨서 팔을 잘 들지 못하는 상황이었다. 은퇴 경기를 앞두고 서너 경기를 쉰 다음 바로 이전 경기에 나서긴 했었지만 컨디션을 완전히 회복하지 못한 상태였다. 그래도 감은 좋았다. '오늘 무조건 하나 친다, 홈런 하나 친다.' 계속 마인드 컨트롤을 했다. 오늘은 예전의 폼으로 타격을 해볼까 하는 생각도 했다. 전성기 시절 이승엽의 폼으로 말이다.

수비도 신경 쓰자고, 은퇴 경기에서 실책하지 말자고 스스로를 다그쳤다. 평소 지명타자로만 나갔기에 배팅만 신경 쓰면 됐는데 그날은 수비도 나가야 할 상황이었다. '이겨야 된다. 홈런 쳐야 된다. 수비 잘해야 된다.' 경기는 아직 시작도 안 했는데, 머리도, 몸도 참 바빴다. 줄곧 시계만 들여다봤다. 여섯 시간 남았구나. 인터뷰 하고 와서는 또 시계를 봤다. 경기까지 네 시간 남았구나. 세 시간 남았구나. 아, 이제 한 시간 남았구나.

드디어 경기가 시작됐다. 타석에 서니 프로 데뷔 첫 타석만큼이나 긴장이 됐다. 그때 들려온 관중들의 함성. 엄청난 응원의 환성에 긴장이 스르르 풀렸다. 그리고 운 좋게도 첫 타석에서 찬스가 왔다. 나는

배트를 휘둘렀고, 공은 담장을 넘어갔다. 투런 홈런이었다. 그때 멀리 날아가던 야구공과 관중들의 환호가 아직도 생생하다. 다시는 돌아갈 수 없는 순간이기에 평생 잊지 못할 것이다.

이렇게 적고 보니, 이승엽이 은퇴 경기 날 내내 굉장히 슬펐나 보다 생각하실지도 모르겠다. 물론 슬픔은 있었지만 눈물이 날 정도는 아니었다. 첫 타석에서 눈물이 날까, 마지막 타석에서 눈물이 날까 나 스스로도 궁금했었는데, 은퇴식이 시작되고 나서도 눈물이 차오르지 않았다. 그게 나로서도 좀 이상했다. 우는 일 없이 지나갈 수 있을 것 같다는 생각까지 들었다. 그런데 구단주님이 걸어나오시는 순간 갑자기 울컥하면서 눈물이 쏟아졌다.

한국을 8년이나 떠나 있다가 어렵게 돌아온 곳이 삼성 라이온 즈였다. 기회를 잡지 못해 한국으로 돌아오기를 포기한 적도 있었고, 은퇴도 일본에서 하려고 마음먹기도 했었다. 다시는 파란 유니폼을 못 입을 줄 알았다. 그런데 한국에 돌아와 내가 있던 팀에 합류해서 6년의 시즌을 보냈다. 물론 내가 다시 삼성 선수가 될 수 있도록 많은 분들이 애쓰셨지만, 구단주님이 수락하지 않았다면 나는 그냥 일본에서 은퇴해야 할 운명이었다. 그런 생각에 눈물이 솟았던 것 같다. 나는 한 번 울기 시작하면 계속 우는 사람이라 눈물을 멈출 수가 없었다.

삼성에서 햇수로 15년을 뛰었다. 그 15년은 내 인생이 반짝반짝 빛나는 시간이었다. 야구선수로서, 사람으로서 어떻게 살아가야 하는지를 배운 시간이었다. 고집 센 나를 가르쳐주신 많은 분들께 감사하다. 덕분에 열심히 할 수 있었고, 좋은 성적을 낼 수 있었다.

나도 사람이기에 '선수 생활을 조금 더 할걸 그랬나' 하는 아쉬움이 전혀 없는 것은 아니다. 그러나 후회는 없다. 이 시점에서 끝냈기 때문에 더 행복하게 은퇴를 할 수 있었다. '아쉬울 때 떠나라.'

　나는 이게 만점이라고 생각한다. 나의 아쉬움은 '좋은 쪽'의 아쉬움이다. 너무나도 행복한 은퇴였다.

나만의 길을 만들어 달린다

이제 야구선수를 그만둔 지 몇 달 지났다. 가족들과 길게 여행도 가고 싶었고 쉬고도 싶었지만, 선수 때보다 더 바쁘게 보내고 있는 것 같다.

나는 예전부터 야구재단을 생각하고 있었다. FA 계약금에서 일정 부분을 떼어내 종잣돈도 마련해두었다. 회비나 야구부비를 제때 내지 못해 잘못한 것도 없이 혼나거나 눈치 보며 야구하는 아이들을 어려서부터 많이 보아왔다. 그런 아이들에게 돈에 대한 부담을 덜고 야구할 수 있는 환경을 마련해주고 싶다. 나중에 그 아이들이 커서 "선배님이 주신 장학금을 받아서 여기까지 올 수 있었다"고 말한다면 그보다 뿌듯한 일도 없을 것 같다.

박찬호 재단 20주년 행사에 가보았는데 박찬호 장학금을 받고 학창 시절을 보낸 선수들, 학생들이 정말 많았다. 한 사람 한 사람 영상으로 보여주는데 가슴이 뭉클했다. 일단 2018년에는 야구교실, 야구캠프, 재단을 통한 장학금 등을 계획 중이다. 처음부터 크게 하기보다는 내실을 다지면서 점차 범위를 늘려갈 작정이다. 야구교실과 캠프를 계획한 건 아이들에게 필요한 게 단지 돈만은 아니기 때문이다. 어떤 아이들에게는 돈이 필요할 수도 있지만, 어떤 아이들에게는 훌륭한 코칭이 간절할 수도 있다.

이 재단을 통해 어린 학생들이 야구뿐만 아니라 또래들과 어울리는 즐거움도 느꼈으면 좋겠다. 나는 어렸을 때부터 야구만 했기 때문에 친구들과의 추억이 거의 없다. 야구가 좋다고 야구만 하지 말고 그 시기에 할 수 있는 걸 하고 살면 좋겠다. 어릴 때부터 100퍼센트 야구에만 전념한다면 당연히 실력 향상에 도움이 될 거다. 하지만 너무 과하게 운동을 하면 자칫 어린 나이에 부상을 당해 평생 선수 생활을 못 하게 될 수도 있다. 무엇보다, 삶의 즐거움이 줄어들 수도 있다. 그런 의미에서 야구도 열심히 하고, 친구들과 놀고 싶은 만큼 놀기도 하고, 다른 취미도 찾으면서 재미있게 야구를 했으면 한다.

남이 시켜서 하기보다 스스로 운동하는 친구들이 되면 좋겠다. 부모, 감독, 코치, 선생님이 시켜서 하는 건 한계가 있다. 스스로 재미를 붙여서 덤벼들면 성장속도는 더 빨라진다. '공을 왜 이렇게 던지지?' '빠른 공을 잘 치려면 어떻게 해야 하지?' 혼자만의 이런 연구가 성장의 밑거름이 된다.

따라서 어른들에게는 어린 친구들이 스스로 할 수 있는 분위기를 만들어주는 게 중요하다. 모든 일에 이래라 저래라 하는 건 장기적으로 오히려 해가 될 수도 있다.

야구재단을 통해 꼭 훌륭한 야구선수를 키워야겠다는 것은 아

니다. 1,000명의 학생들에게 도움을 준다고 그 친구들이 전부 야구선수가 될 수 있는 것도 아니다. 나는 그저 학생들이 조금이라도 즐겁고 여유롭게 학창시절을 보내기를 바란다.

지금까지 말하지 않은 한 가지를 이야기해볼까 한다. 바로 '야구계 복귀'다. 나는 야구가 정말 재미있다. 나가서 직접 뛰는 것은 물론 벤치에 앉아서 보고만 있어도 좋다. 은퇴를 한 지금도 야구의 매력에 푹 빠져 있다.

현역 시절, 사람들은 배트에 테이프를 감는 모습을 보고 의아해

했었다. 보통은 내가 홈런타자니까 배트를 길게 잡고 멋들어지게 스윙하는 모습을 상상한다. 배트에 테이핑을 해서 짧게 잡고 치는 것은 테이블세터(각 팀의 1, 2번 타자)에게나 어울리는 모습이라고 생각한다. 코치님들도 많이 말렸다. 난 그런 식으로 새로운 시도를 하는 게 즐겁다. 새로운 시도를 하면 뭔가 새로운 또 한 가지를 알게 된다. 그래서 내가 좋아하는 야구를 더 해보고 싶다는 생각을 많이 한다. 물론 선수로선 은퇴했으니 새로운 영역으로 도전해야 한다. 그 영역은 아직 구체적이지 않다. 도전의 시기도 아직 뚜렷하지 않다. 지금은 "언젠가"라고만 말할 수 있다. 야구는 내가 평생 걸어가야 할 길이다. 그만큼 야구가 좋고 재미있다. 이것이 은퇴를 한 지금 이승엽의 솔직한 마음이다.

희망의 이름으로

국민타자. 나를 따라다녔던 수많은 수식어 가운데 내가 가장 좋아하는 말이다. 1990년대 후반 IMF 시절에 국민들이 내 야구를 보며 즐거움을 찾으면서 선물해준 것이다. 정말 근사한 선물이다.

1990년대 후반은 내 이름 석 자를 전국에 알린 시기이지만 한편으로는 아픔이 새겨진 시기이기도 하다. 우리 집도 IMF 한파를 피하지 못했다. 경기가 악화되고 아버지 사업이 휘청거리면서 가세가 기울기 시작했다. 답답한 마음에 담배만 태우며 한숨을 내뱉는 아버지의 모습을 보면 마음이 아팠다. 좀처럼 감정을 드러내지 않는 편이신데 오죽 힘들면 저러실까 싶었다.

1999년 KBO리그 최초로 50홈런 시대를 열었을 때 그 열풍은 어마어마했다. 내가 홈런을 터뜨리면 '국민들의 눈물을 닦아준 국민타자의 시원한 한 방', '국민타자 이승엽, 실의에 빠진 국민들에게 희망을 선사하다' 등 언론의 찬사가 쏟아졌다. 당시엔 '과연 내가 이만큼 큰 관심을 받아도 되는 선수인가'라는 의구심을 품은 적도 있었다.

그런데 언론에서 계속 관심을 가져주니 의구심이 점점 자신감으로 변했다. 언제부턴가 '내가 이 정도 성적은 가뿐히 낼 수 있는 선수라고 보시는구나'라는 생각이 들면서 힘이 났다. 주변의 관심은 더 열심히 야구를 할 수 있는 원동력이 되었다.

> "이승엽 선수, 넉넉하게 담았으니 많이 먹고 홈런 많이 치세요. 이 선수 홈런 보면서 힘을 얻습니다."
>
> – 식당 아주머니의 격려

> "요즘 손님이 뚝 끊겨 일할 맛도 안 나는데 라디오로 이승엽 선수 홈런 이야기 들으면 힘이 불끈 납니다."
>
> – 택시 기사 아저씨의 응원

이렇게 나를 보며 힘을 얻는다는 분들이 많았다. 내가 많은 분들에게 힘을 준다는 사실에 가슴이 먹먹했다.

야구장에 가는 건 언제나 즐겁지만 그 시절엔 특히 더 즐거웠다. 이 맛에 야구하는구나 싶을 때가 많았다. 장내 아나운서가 "3번 타자 이승엽" 하고 소개하면 가수 엄정화의 〈페스티벌〉이란 등장곡이 울려퍼졌다.

'이제는 웃는 거야 Smile again. 행복한 순간이야 Happy days. 움츠린 어깨를 펴고 이 세상 속에 힘든 일 모두 지워버려. 슬픔은 잊는 거야 Never cry. 뜨거운 태양 아래 Sunny days. 언제나 좋은 일들만 가득하기를 바라면 돼.'

가사 또한 실의에 빠진 국민들에게 힘을 주기에 충분했다. 팬들의 함성과 박수에 나는 호쾌한 대포로 화답했다. 그럴 때마다 관중석은 열광의 도가니로 변했다.

사람들이 내게 묻는다. "홈런을 치면 어떤 느낌이냐"고. 그때마다 "한번 쳐봐. 쳐보면 알아. 안 쳐본 사람은 몰라" 하고 웃으며 대답한다. 홈런의 희열은 말로 표현할 수 없다.

2015년 12월 8일 서울 양재동 더케이호텔 그랜드볼룸에서 열린 2015 타이어뱅크 KBO 골든글러브 시상식에서 나는 이호준(전 NC 다이노스), 최준석(전 롯데 자이언츠)을 제치고 지명타자 부문 골든글러브를 수상했다. 개인 역대 열 번째 수상. 당시 불혹의 나이가 된 나는 "이제 사십대에 들어섰기 때문에 사십대들에게 좋은 방향을 제시하고 싶습니다" 하고 수상 소감을 전했다. 그 반향이 의외로 컸다. 사십대 야구 선수로서 같은 시대에 살고 있는 사십대들에게 힘이 되고 싶었다. 야구선수를 회사원에 빗댄다면 2015년의 나는 정년퇴직 시점을 훨씬 지난 사람이었다. 내가 마흔 넘어 선수 생활을 할 것이라고는 상상도 못했었다. 나이보다 능력이 중요하다는 걸 보여주고 싶었다.

사실 사십대는 한창 일할 나이인데 요즘은 퇴직 시점이 너무 빨라졌다. 경험보다 소중한 건 없는데 나이가 들었다는 이유로 사회에서 도태되는 분위기가 되는 것 같아 안타깝다. 사십대는 사회를 이끄는 중심이 돼야 한다. 사십대는 대부분 한 가정의 가장이다. 가장이 힘을 잃으면 가정도 힘을 잃는다. 결국 사회 전체가 힘을 잃을 수 있다. 사십대가 힘을 내야 이십대도, 삼십대도 힘을 얻지 않을까. 가뜩이나 취업난에 허덕이는 2030세대가 어깨가 축 처진 사십대를 바라보며 희

망을 찾을 수 있을까. 사십대들이 위풍당당한 모습을 보여줘야 한다. 삼성 복귀 후 중년 남성팬들이 부쩍 늘었다. 나를 보면서 대리 만족을 느낀다며 감사 인사를 전할 때마다 내가 더 감사했다. 참 흐뭇했다.

누군가에게 희망이 될 수 있다는 건 참으로 보람찬 일이다. 팬들은 내가 희망을 줬다고 한다. 하지만 나는 팬들에게서 과분할 만큼 많은 사랑과 응원을 받으며 희망을 얻었다. 어디를 가든 만나는 사람들마다 반갑게 맞아주시고 두 손을 꼭 잡아주셨다. 내가 팬들에게 받은 것에 비하면 온전히 돌려드리지 못했다.

특히 일본 무대에서 뛸 때 재일동포들의 응원이 기억에 남는다.

"이승엽 선수는 대한민국 야구의 희망입니다. 이승엽 선수가 행복하면 저희도 행복하고 이승엽 선수가 힘들면 저희도 힘듭니다."

이 말을 들었을 때 눈물이 핑 돌 만큼 큰 감동을 받았다. 가족이 아닌 이상 한결같은 마음으로 응원한다는 게 쉽지 않은데 그 마음을 보여주셨다. 다시 한 번 감사를 전한다.

팬들에게 받은 사랑을 돌려드리기 위해 노력하는 이승엽이 되겠다. 야구의 발전을 위해 노력하는 이승엽이 되는 것도 물론이다.

이승엽은 오늘부터 다시 시작한다. 2막은 이제부터다!

연장전

이승엽의
야구 수업

SEUNG YUOP LEE

한눈에 보는 야구장

아래는 타자석, 대기석, 코치스박스 등의 위치와
야구장의 규격을 정리한 야구장 도면이다

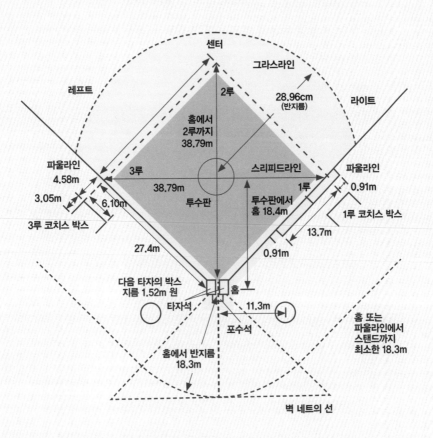

센터

그라스라인

레프트

2루

28.96cm
(반지름)

라이트

홈에서
2루까지
38.79m

파울라인
4.58m

3루

스리피드라인

파울라인

0.91m

3.05m

38.79m

1루

6.10m

투수판

투수판에서
홈 18.4m

1루 코치스 박스

3루 코치스 박스

13.7m

27.4m

0.91m

다음 타자의 박스
지름 1.52m 원

홈

타자석

11.3m

홈 또는
파울라인에서
스탠드까지
최소한 18.3m

포수석

홈에서 반지름
18.3m

벽 네트의 선

7할의 실패, 3할의 성공

나는 야구선수였고 그중에서도 타자였다. 내가 주목받은 이유는 '홈런타자 이승엽'이었기 때문이다. 그러나 삼십 년 이상 야구를 한 내게도 타격은 무척 난해한 분야다. 날아오는 빠른 공을 친다는 건 일반인들이 상상하는 것보다 훨씬 더 어렵다.

야구 인생에서 나는 성공보다 실패가 많은 타격을 했다. 야구에선 7할의 실패가 당연한 일이다. 나는 열 번 쳐서 겨우 30퍼센트 조금 넘는 성공을 거뒀을 뿐이다. 하지만 야구에서 3할의 성공은 숫자보다 훨씬 많은 것들을 가져다준다. 달리 생각해보면, 성공보다 실패가 많아도 박수 받을 수 있는 유일한 종목이 야구다. 일곱 번 실패해도 세 번의 성공을 잘 활용한다면 관중들의 환호를 받을 수 있다.

'홈런왕은 삼진왕'이라는 말이 있을 만큼, 홈런을 많이 치는 선수가 신기하게 삼진도 많은 것이 사실이다. 그래도 삼진 당할 것을 두려워해서는 안 된다. 자기 스윙을 하기 위해서 기회를 노리다 보면 삼진을 당할 수도 있다.

사실 나는 실패의 아픔을 여러 번 겪은 선수였다. 사람들의 관심을 많이 받는 선수이다 보니 세상은 내 실패에 더욱 민감했다. 장점보다는 약점을 더 많이 이야기했다. 내가 잘하는 건 당연한 일이었고, 못 하는 건 더 크게 부각됐다. 다른 선수에게라면 좋은 성적도 내 성적표에 실리면 '부진'이라는 딱지가 붙었다. 그만큼 내가 받는 스트레스는 컸다.

늘 잘해야 한다는 긴장감과 실패해서는 안 된다는 부담감이 어깨를 짓눌렀다. 하지만 그것이 내 자만 탓이라는 것을 어느 순간 깨달았다. 나는 실패할 수 있는 사람이었다. 몇 번의 큰 실패를 통해 오히려 영원한 패배는 없다는 진리를 터득했다. 실패를 맛보며 타격 노하우도 쌓을 수 있었다. 그렇게 실패를 인정하니, 실패를 두려워하는 마음에서 벗어날 수 있었다.

아직 모든 것을 풀어놓을 때는 아니지만 그 경험의 몇몇 조각들을 나눠보고자 한다. 내 경험이 야구를 시작하는 사람들과 좋은 타격을 하고 싶은 후배들에게 조금이라도 도움이 되면 좋겠다. 내용을 따라가다 보면 내가 감히 메이저리그의 마지막 4할 타자인 테드 윌리엄스와 다른 이론을 갖고 있다는 것을 눈치 채게 될 것이다. 말도 안 된다고 생각할 수도 있지만 타격을 바라보는 시선과 접근 방법은 사람에 따라 다를 수 있다. 내가 맞고 그가 틀렸다는 것이 아니라, 상황과 사람에 맞는 타격이 따로 존재한다는 것이다. 그래서 야구가 재미있고 또 어려운 것이 아닐까 싶다.

시작은 기싸움부터

타격에서 가장 중요한 것은 상대방을 이기겠다는 마음이다. 나는 구대성 선배나 이혜천 같은 정말 강한 투수들을 만날 때는 특히 더 이기고자 했다. 이들을 상대할 때 이길 수 없다는 마음을 먹고 들어가면 90퍼센트 이상 진다. 아무리 내게 벅찬 상대라도 '지금까지 졌으니까 이제는 이기겠다'는 마음을 강하게 먹으면 이길 수 있는 확률이 조금이라도 높아진다. 그런 승부를 하게 되면 지더라도 내가 납득할 수 있다. 때문에 상대를 꼭 이기겠다는 강한 마음을 먹는 것이 중요하다. 일종의 기싸움이다. 상대에게 보여주기 위한 기싸움이 아니라 나와의 승부에서 필요한 기싸움이다. 주자가 없을 때는 못 쳐도 크게 상관없다. 그러나 만루라든지 점수가 꼭 필요한 상황에선 투수를 이겨야 한다. 나도 구대성 선배에게 그런 경험이 있다. 역대 상대 전적은 안 좋지만 이기겠다는 마음이 정말 절실했을 때는 이겼다.

상대를 이기겠다는 마음은 야구선수가 갖춰야 할 기본이다. 타자라면 꼭 공을 치겠다는 각오가 필요하다. 나와의 기싸움에서 이겨야 다음 승부도 가능해진다. 결과가 좋지 않더라도 이기겠다는 각오로 최선을 다하면 후회가 남지 않는다. 그게 중요하다. 후회가 남으면 자꾸 그 기억에 발목 잡혀 똑같은 실수를 되풀이하고 만다.

타격 준비

타석에 들어설 때 마음속으로 수많은 그림을 그리고 들어간다. 만약 주자 1루에 투수가 유희관 선수라면 초구에 어떤 구질의 공이 올까 생각한다. 이 공이 왔을 때 이렇게 대응해서 이 방향으로 쳐야겠다는 그림을 그린다.

나는 컨디션이 안 좋을 땐 그림을 더 열심히 그렸다. 컨디션이 좋을 때는 아무 공이나 다 칠 수 있다는 자신감에 차 있어서 성공 확률이 높았다. 사실 타석에서 생각이 많다고 반드시 좋은 것은 아니다. 한 가지만 노리고 단순하게 스윙할 때 좋은 결과가 나오기도 한다. 하지만 컨디션이 안 좋을 때는 스스로 위축되고 쳐야 한다는 생각에 사로잡히므로 그림을 많이 그려놓는 것이 도움이 된다.

나는 찬스가 왔을 때 결과를 머릿속으로 미리 그려놓곤 했다. 여기서 내가 홈런을 치면 영웅이 될 수 있다는 생각도 해보고 못 치면 역적이 될 수 있다는 생각도 하면서 혼자 웃곤 했다. 그런 재미있는 그림들이 못 치면 안 된다는 스트레스를 줄여주기도 했고 상황 자체를 즐기게도 만들어줬다. 한마디로 긍정적인 생각을 많이 하면서 타석에 들어섰다. 그것이 자신감을 안겨줬다.

볼 배합 전쟁

볼 배합 싸움도 많았다. 가령 왼손투수와 겨룰 땐 '쓰리볼 원스트라이크'처럼 내가 유리한 카운트에선 변화구가 많았기 때문에 그런 노림수를 가지고 들어갔다. 직구를 잘 치는 편이었기에 내가 유리한 카운트에선 변화구 승부가 많았다. 특히 요즘 투수들은 뚝 떨어지는 변화구를 잘 던지기 때문에 수싸움은 더 치열했다. 옛날에는 대부분 직구 아니면 슬라이더였다. 슬라이더는 직구와 궤적이 비슷한 공이기 때문에 직구를 치러 나가다 슬라이더에 대응하는 방법이 통했다. 하지만 이젠 안 통한다. 떨어지는 공(주로 포크볼)이 많아졌기 때문에 그에 대한 대응책을 꼭 세워야 한다. 일본에서 많이 경험하며 공부한 점이다.

한국은 일본과는 또 다른 볼 배합이 많다. 일본에서는 1루가 비어 있고 내가 유리한 카운트에선 (볼넷을 줘도 좋다는 마음으로) 떨어지는 변화구가 많이 들어왔는데 한국에선 역으로 직구 승부를 들어오는 경우가 적지 않았다. 그래서 복귀 초기에는 좀 당황했던 것도 사실이다. 볼 배합은 투수와의 싸움으로 보이지만 실은 포수와의 싸움이다. 은퇴 직전까지도 포수에게 많이 당했다. 예전에는 내가 수싸움에서 이기는 경우가 많았는데, 갈수록 지는 일이 많아졌다. '시대도 변했고, 내가 나이가 들긴 들었구나.' 나는 이렇게 패배를 인정했다.

볼 배합의 수싸움에서 이기려면 여러 가지를 고려해야 한다. 기본은 주자 상황이다. 경기가 초반인지 종반인지 시점도 염두에 두어야 하고, 아웃 카운트도 계산에 넣어야 한다. 주자 2, 3루 상황이라고 하자. 내 뒤에 좋은 타자가 있다면 나에게 승부가 들어올 가능성이 높다고 봐야 한다. 그런데 내가 6번 타자이고 7번 타자의 컨디션이 좋지 않다면 보다 신중해야 한다. 아무래도 나와의 승부를 피할 가능성이 높기 때문이다. 이럴 땐 초구부터 치는 건 좋지 않다. 물론 나는 노리고 들어서면 공격적인 스타일이기 때문에 초구에도 방망이가 많이 나온다. 그런 성향을 상대도 알고 있어서 초구부터 떨어지는 공으로 승부를 걸어 오기도 한다.

초구 싸움은 매우 중요하다. 타격은 투수와의 기싸움이므로 초구에 좋은 공이 들어왔을 때 놓치면 기싸움에서 밀리게 된다. 초구를 스트라이크로 그냥 보냈는지, 아니면 쳐서 파울을 만들었는지도 상당한 차이가 있다. 좋은 스윙을 했다면 파울이 되더라도 다음 볼 배합 싸움에 유리해질 수가 있다. 강한 파울이 나오면 파울볼이 어디로 날아갔는지도 유심히 따져봐야 한다. 타이밍이 빨라서 1루 쪽 파울 라인을 벗어났는지, 조금 밀려서 3루 쪽으로 갔는지, 타이밍은 맞았는데 공 밑부분에 맞으며 포수 뒤로 넘어갔는지를 모두 따져봐야 한다. 나는 파울에 관해서도 상당히 신경을 많이 썼다. 그런데 냉정하게 봤을 때 우리나라 투수와 포수들은 그런 생각을 덜 하는 것 같다. 그래서 나는 경기 중에도 우리 팀 포수들에게 그런 조언을 해주곤 했다.

타자의 타구가 어디로 가는지는 다음 공을 선택하는 데 매우 중요한 판단 요소다.

처음에 나는 이전 타석에 안타를 쳤던 공은 잘 안 기다렸다. 투수가 또 던질 리가 없다고 생각했기 때문이다. 그런데 요즘 투수들은 그 공을 또 던지고, 포수들도 또 볼 배합에 넣는다. 직구로 홈런 쳤을 때 다음 타석 초구는 직구가 절대 안 올 거라 생각했는데, 예상을 깨고 날아오는 것이다. 예를 들어, 포크볼(공의 회전이 적고 타자 가까이에서 갑자기 불규칙하게 움직이며 떨어지는 변화구)이 좋은 송승준과 승부할 때 첫 타석에 직구로 홈런을 치면 그 다음 타석에서는 포크볼이 들어와야 정상인데 송승준은 또 직구를 던진다. 내가 아무래도 배트 스피드가 떨어지면서 직구, 특히 몸 쪽 직구에 대응하는 능력이 떨어졌기 때문이라고 생각한다. 2017년에 송승준에게 한 경기에 홈런 두 개를 친 적이 있었는데, 두 개 모두 직구였다. 나를 향한 볼 배합이 달라진 가장 대표적인 예였다.

나는 장점이 타격이므로 더 잘 치기 위해 고민하고 노력하는 것은 당연하다. 상대에 대해 분석하고 그 데이터를 참고해서 부딪쳐야 한다. 내 말이 100퍼센트 맞다고 할 수는 없지만 이런 노력이 뒤따라야 공을 칠 수 있다. 나 역시 계속 공부하고 연구했기에 버텨낼 수 있었던 것이다.

4할 타자와 대척점

타격 교과서로 불리는 테드 윌리엄스*는 나와 타격에 대한 이론이 다른 것으로 알고 있다. 메이저리그 마지막 4할 타자로도 유명한 그는 초구는 일단 지켜보는 것이 좋다는 이론을 갖고 있었는데, 난 초구부터 스윙을 강하게 할 수 있어야 한다고 생각한다. 물론 상황에 따라 모든 것은 달라진다. 주자가 있을 때와 없을 때가 다르고, 팀이 이기고 있을 때와 지고 있을 때가 다르다. 또 투수가 나와 승부를 안 하겠다 싶을 때는 초구를 기다려야겠지만, 쳐야 할 상황이라면 치는 것이 좋다. 똑같이 볼이 되더라도 공 하나를 그저 지켜보고 말 때와, 치려다가 방망이를 거두어들일 때 투수가 느끼는 위압감은 다르다.

나는 볼넷보다 삼진이 많은 타자다. 그럼에도 통산 타율은 3할이 조금 넘는다. '조금' 넘는다는 것이 중요하다. 나는 장타를 노리는 타자이지만 투스트라이크 이후로는 스윙 폭을 좁히며 타격했다. 때문에 볼넷이 적었어도 상대적으로 높은 타율을 기록할 수 있었다. 가정이지만, 홈런을 의식하지 않았다면 타율은 1, 2푼 정도 높아졌을 거라 생각한다. 장타를 치려다 보니 아무래도 높이 띄우는 타격을 많이 했고 상대적으로 땅볼이 많은 타자들보다 안타 확률은 떨어졌다.

* 테드 윌리엄스는 메이저리그의 마지막 4번 타자다. 그는 자신의 저서 《타격의 과학》에서 "내가 타순에서 대개 3번을 쳤던 이유의 95퍼센트는 첫 타석에서 초구가 가운데 들어가도 그대로 보냈기 때문이다. 그리고 나머지 5퍼센트는 유인구를 잘 커트해냄으로써 투수가 정직한 공을 던지게 만들었기 때문이다. 하지만 초구를 그냥 그대로 보냄으로써 그 공이 스트라이크가 된다면 타격 기회의 3분의 1을 자동적으로 날리니 타자에게는 과연 어떤 이점이 있을까. 그것은 바로 상대 투수의 구속이나 구위가 어떤지 가늠할 수 있다는 점이다. 타석에 서서 스스로에게 템포에 적응할 시간을 주는 것이다"라고 밝힌 바 있다.

홈런을 치는 방법

홈런을 많이 치기 위해선 우선 스윙 궤도를 잘 가져가야 한다. 보통 사람들은 어퍼 스윙(배트를 올려치듯이 휘두르는 스윙)을 해야 한다고 생각하는데, 나는 그 반대다. 어퍼 스윙을 하면 공에 드라이브가 많이 먹기 때문에 오히려 큰 타구를 만들기 어려워진다. 메이저리그 선수들은 워낙 힘이 좋아서 드라이브를 먹거나 타구가 뒤에서 맞아도 끌고 나와 타구를 멀리 날려보낼 수 있는 능력이 있지만 우리나라 선수들은 그 정도 힘이 없다.

가장 이상적인 홈런타자의 스윙은 레벨 스윙으로, 공과 배트가 맞으면서 배트는 공 아래로 지나가는 것이다. 그렇게 공에 회전을 줘야 타구가 멀리 나간다. 날아오는 공 밑으로 배트가 들어가면 회전이 걸리면서 타구를 멀리 보낼 수 있다. 반대로 어퍼 스윙을 하면 공이 위로 회전하면서 빨리 떨어진다. 전성기에는 팔로 스루follow-through(타자의 경우, 배팅한 뒤 몸의 회전 방향으로 타격 자세를 끌고 가는 동작)가 좋았기 때문에 밀고 당기기를 자유자재로 할 수 있었다. 하지만 일본 프로야구 투수들이 코너 워크corner work(투수가 타자를 아웃시키기 위해 홈 베이스 좌우 코너를 노려 아슬아슬하게 공을 던지는 기술)가 좋다 보니, 공을 자연스럽게 멀리 보낼 수 있는 능력이 많이 떨어졌다. 레벨 스윙으로 공 밑부분을 맞혀 길게 끌고 나가면서 타구를 멀리 보내는 것이 중요한데, 공을 맞힌 다음에 빨리 덮어버리는 스윙이 되면서 이전보다 공을 멀리 보낼 수 있는 능력이 떨어질 수밖에 없었다.

후배들 중에 최정(SK 와이번스 내야수)은 어퍼 스윙을 하지만 궤도가 참 좋다. 공을 맞히는 포인트가 굉장히 앞에 있다. 과거 홈런타자는 공을 최대한 붙여놓고 치라고 했었다. 그러나 이제는 뒤에 놓고 치면 안 된다. 지금 투수들은 구속이 훨씬 좋아졌다. 변화구 구종도 다양해졌다. 예전처럼 히팅 포인트가 뒤에 있으면 다 먹히게 돼 있다. 그래서 포인트가 앞에 있어야 한다. 최정의 팔로 스루 또한 굉장히 길기 때문에 라인 드라이브(타자가 공을 쳤을 때 일직선으로 날아가는 것)보다는 포물선을 그리는 홈런이 많다. 메이저리그 스타일이라고 할 수 있다. 나는 그렇게 치면 공을 멀리 보낼 수 없다.

어릴 때는 레벨 스윙보다 더 스윙이 짧았다. 거의 다운 스윙에 가까운 스윙을 했었다. 그만큼 짧게 쳤다. 홈런을 치면서 스윙이 조금씩 커졌는데, 그럼에도 어퍼 스윙을 자제하려고 노력했다.

공을 앞에서 치려면 어떻게 해야 할까. 왼손타자는 타석 오른쪽 앞에서, 오른손타자는 자신의 오른발 앞에서 쳐야 편안하게 칠 수 있다. 그래야 공을 자유자재로 보낼 수 있다. 히팅 포인트를 앞에 두고 부드럽게 치는 것이 중요하다. 훈련할 때는 다운 스윙으로 쳐보는 노력까지 했다. 예전에는 스윙 스피드에 자신이 있었기 때문에 뒤에서 쳐도 앞으로 끌고 갈 수 있는 힘이 있었다. 지금보다 무거운 배트를 썼음에도 그랬다. 공이 몸 쪽으로 와도 큰 문제가 없었다. 요즘에 그러면 다 파울이 되고 만다.

그렇다고 고민이 너무 많으면 안 된다. 고민은 준비 과정까지만 이다. 타석에 들어섰을 땐 다 잊고 '이번에 어떤 공이 올까?'라는 생각만 해야 한다. 타석에서 생각이 많으면 헷갈린다. 예를 들어 투수가 헥터(KIA 타이거즈 투수)라면 구종이 직구와 체인지업(투수가 직구처럼 던진 공이 플레이트 근처에서 갑자기 아래로 휘어지며 속도가 뚝 떨어지는 구질) 두 개니까 일단 직구를 노리다 변화구가 오면 그냥 걸어낸다 생각하고 타석에 들어섰다. 직구가 오면 크게 치고, 변화구는 안타만 쳐도 된다는 마음을 가졌다. 몸 쪽을 찌를 것인지 바깥쪽으로 떨어뜨릴 것인지 정도로 생각을 압축했다.

실제로 나는 직구를 노리고 있다가 변화구에 대응했을 때 좋은 결과가 종종 있었다. 따라서 직구 쪽에 비중을 많이 두고 대비했다. 투 스트라이크 이후 6 : 4 정도로 직구 : 변화구 비율을 예상하는데, 송승준처럼 포크볼이 주무기인 선수를 만나면 포크볼을 6으로 두고 쳤다. '포크볼이 오면 절대 삼진을 당하지 말고, 직구가 오면 커트를 하자.' 이런 마음으로 타석에 들어서는 경우가 많았다.

가상의 상대 양현종

볼 배합 싸움의 이해를 돕기 위해 전성기의 이승엽과 지금 전성 기인 KIA 에이스 양현종의 가상 대결을 펼쳐보겠다. 이승엽의 관점에서 카운트별로 어떤 공을 노릴지를 물어봤다.

- **초구** : 일단 몸쪽 직구 하나 보려고 흘려보낼 것 같다. 그 다음에 들어올 바깥쪽 변화구에 초점을 맞출 것이다.

- **0볼 1스트라이크** : 몸쪽 아니면 바깥쪽 슬라이더를 노릴 것 같다. 내가 초구에 반응을 안 했기 때문에 변화구를 노린다고 생각할 수도 있어 직구에 대한 대응도 할 것 같다. 다만 양현종의 볼은 볼 끝의 힘이 좋기 때문에 높은 쪽은 조심해야 한다.

- **0볼 2스트라이크** : 직구와 변화구 다 노려야 한다. 몸쪽을 보고 있으면 바깥쪽 대응이 안 된다. 바깥쪽을 보고 있다가 몸쪽으로 오면 커트한다는 생각을 해야 한다.

- **1볼 0스트라이크** : 100퍼센트 변화구를 노린다. 정확히는 슬라이더. 배팅 카운트이기 때문에 직구를 스윽 밀어넣을 리가 없다. 2볼 1스트라이크, 3볼 1스트라이크, 3볼 2스트라이크 처럼 타자가 유리한 카운트에선 변화구를 보고 있을 것이다. 이런 카운트에서 몸쪽 직구가 들어와서 당하는 건 어쩔 수 없다. 그러나 바깥쪽으로 빠지는 변화구에 손을 잘못 대는 건 절대 안 된다.

야구인생 1막을 마감하는 자서전을 써보는 게 어떠냐는 제의를 받고 많이 망설였습니다. 글을 쓴다는 게 결코 쉬운 일이 아니니까요. 편지 한 통 쓰는 것도 쉽지 않은데, 분량이 어마어마하게 많은 책을 써야 한다는 게 여간 부담스러운 일이 아니었습니다.

"어차피 작가나 기자처럼 글을 쓰는 게 너의 직업이 아니니까 아주 잘 쓰길 바라진 않을 거야. 한 줄 한 줄 진심을 다해 쓴다면 독자들도 그 마음을 느끼지 않을까?"

지인의 따뜻한 조언에 용기를 내기로 결심했습니다. 초등학교 시절, 선생님께서 글을 쓸 때는 주제를 정하는 게 첫 번째라고 말씀하셨던 게 문득 떠올랐습니다. 노트를 꺼내 이승엽 하면 연상되는 키워드를 하나씩 써봤습니다. 노력, 태도, 선택, 가족, 스승……. 그리고 목표를 향해 한 걸음씩 나아가는 거북이의 마음으로 쓰기 시작했습니다.

때로는 아무리 노력해도 한 줄 쓰는 게 힘든 날도 있었고, 한 번 좋은 흐름을 타면 몇 장을 막힘없이 쓰는 날도 있었습니다. 지인들과 이야기를 나누다가 갑자기 영감이 떠올라 메모하기도 했고, 과거 저와 추억을 공유했던 선후배들에게 전화로 물어보기도 했습니다. 제겐

희미하게 남아 있는 기억도 누군가는 생생하게 기억하고 있다는 걸 그때 알았습니다. 고마웠습니다. '나를 이만큼 생각해주는구나!' 하는 마음에 잔잔한 감동이 밀려왔습니다.

글을 쓰면서 스스로를 되돌아볼 수 있었습니다. 노력에 관해 쓸 때 과거 경산 볼파크에서 밤늦게 방망이를 휘둘렀던 기억이 떠올랐습니다. 그러자 마음 한 구석에 이렇게 평생 야구를 좋아하게 될 줄 알았다면 좀 더 열심히 할걸 하는 아쉬움이 스며들었습니다. 역시 사람 욕심은 끝이 없나 봅니다.

선택에 대해 쓸 때는 학창 시절 추억이 많이 떠오르더군요. 그때 다른 선택을 했다면 어땠을까 하는 상상도 해봤습니다. 아무리 여러 생각을 해봐도 후회는 없습니다. 제가 선택한 길이니까요. 함께 땀 흘렸던 선배, 후배, 친구 들은 어떻게 지내고 있는지 안부도 궁금해졌습니다.

가족 이야기를 쓰면서 눈시울이 붉어지기도 했습니다. 부모님께서 저를 위해 모든 걸 쏟아부으셨던 게 무척 고마웠습니다. 죄송한 것투성이였습니다. 특히 어머니 생각만 하면 한없이 죄송한 마음뿐입니다. 막내아들이라고 유독 예뻐해주시고 당신의 삶 없이 아낌없이 주시기만 하셔서 그런 마음이 더 드나봅니다. 이제 현역 선수 생활에 마침표를 찍었으니 외국으로 떠돌지 않아도 되고 명절마다 가족들과 함께 보낼 수 있다는 건 아주 만족스럽고 기쁩니다. 가족. 꽁꽁 얼어붙은 추위도 녹일 만큼 따뜻하고 언제나 푸근하고 항상 믿을 수 있는 낱말이 아닐까 싶네요.

나. 36. 이승엽

저는 세류성해細流成海라는 사자성어를 좋아합니다. 가는 물줄기가 모여 큰 바다를 이룬다는 의미인데, 이번에 책을 쓰면서 세류성해의 참된 의미를 다시 한 번 느꼈습니다. 한 줄 한 줄 쓰다 보면 한 장이 되고, 그 한 장 한 장이 모여 한 권의 책이 되더군요. 그게 인생이겠지요? 서점에서 제가 쓴 자서전을 보게 된다면 여러 기분이 들 것 같습니다. 벌써부터 떨리고 기대됩니다. 책과 마주할 때 "이승엽, 정말 수고했다"하며 제 자신에게 박수를 보내도 되지 않을까요.

이 책이 나오기까지 많은 분들의 도움이 있었습니다. 뜻대로 되지 않을 때마다 시간이 지나면 다 완성돼 있을 테니 조금 더 힘내자고 응원 보내준 아내, 아빠가 책 쓴다고 밤에 못 놀아줘도 보채기는커녕 발걸음마저 조용조용했던 은혁이와 은준이. 이들에게 가장 먼저 고맙다는 인사를 전합니다. 두 아들에게는 이제 아빠가 시간 많아진 만큼 많이 놀아주겠다는 약속도 건넵니다.

기억이 안 나는 것을 살려주고, 나침반처럼 원고 방향을 제시해주고, 원고 정리까지 도와준 손찬익 기자님과 정철우 기자님에게도 감사를 전합니다. 글쓰기 울렁증이 있는 제게 저자라는 근사한 타이틀을 얻을 수 있도록 용기를 불어넣어주신 김영사의 고세규 대표님과, 부족한 글에 생기를 불어넣어주신 편집부 최은희 부장님에게도 같은 마음입니다.

무엇보다, 변하지 않는 사랑을 보내주신 팬 여러분 덕분에 여기 제가 서 있습니다. 감사합니다. 제 힘으로 한 것은 참 작은 것입니다. 저를 여기까지 끌어주신 모든 분들의 힘이고 공입니다. 진심으로 감사드립니다.

잘 아시겠지만, 제 이름을 내건 야구재단을 설립할 예정입니다. 이 책이 나올 때쯤 첫발을 내딛는데, 자서전 판매 수익금 전액을 재단에 귀속하기로 결정했습니다. 제가 지금껏 받은 사랑을 야구 꿈나무들에게 되돌려주기 위해 당연히 그래야죠. 재단 운영이라는 게 혼자만의 힘으로는 어렵습니다. 많은 분들께서 관심을 가져주시고 응원해주신다면 큰 힘이 되지 않을까요?

욕심내지 않겠습니다. 제가 받은 사랑에 조금이라도 보답하는 마음으로 묵묵히 나아가겠습니다. "역시 이승엽은 다르다"라는 칭찬을 들을 수 있게 잘 운영해보겠습니다. 마지막으로, 끝까지 읽어주신 독자 여러분들께 행복과 건강이 가득하길 저 이승엽이 항상 기원하겠습니다.